MATTHIAS
REUTER

RENTNERFISCHEN IM HALLENBAD

NEUE HOBBYS FÜR DAS RUHRGEBIET UND DEN REST DER WELT

SATYR VERLAG

1. Auflage November 2019

www.satyr-verlag.de

Coverfoto: Simone Bandurski
Autorenfoto: Harald Hoffmann
Korrektorat: Jan Freunscht
Druck und Bindung: CPI Books, Clausen & Bosse, Leck
Printed in Germany

ISBN: 978-3-947106-34-9

INHALT

VORWORT

Guten Tag!

Schön, dass Sie dieses Buch in den Händen halten. Aber gratulieren möchte ich Ihnen dazu nicht. Das hat folgenden Grund: Vor ein paar Jahren habe ich mal einen Reiseföhn gekauft. Dem Gerät lag ein Schreiben bei mit ausufernden Glückwünschen dazu, dass ich mich gerade für diesen Föhn und nicht für irgendein anderes Produkt entschieden habe. Beim ersten Gebrauchsversuch im Badezimmer schoss allerdings ein Blitz aus dem Ding heraus, und der Föhn detonierte in meiner Hand, noch bevor er je ein einziges Haar getrocknet hatte. Glücklicherweise blieb ich unverletzt. Also brachte ich den Föhn zurück und bat um Umtausch. Der Verkäufer gab mir bereitwillig einen neuen. Auch dieser Föhn hatte ein Schreiben in der Verpackung mit Glückwünschen und einem Extralob dafür, dass ich eben genau diesen Föhn und nicht einen anderen gekauft hatte. Aber ich traute dem Braten nicht mehr so richtig. Darum schloss ich das Teil nicht im Badezimmer an, sondern an eine Steckdose in der Diele. Und das war eine gute Entscheidung, denn auch dieser Haartrockner explodierte beim allerersten Einschalten. Ich brachte ihn zum Verkäufer zurück. Der erklärte mir, dass das gar kein Problem sei, und zeigte auf einen riesigen Stapel Föhnkartons mit den Worten: »Wir ham noch genuch davon über ...«

Mit Sicherheit beinhaltete jeder dieser Kartons jeweils

ein weiteres Glückwunschschreiben zum Föhnkauf. Darum möchte ich dieses Buch auch nicht damit beginnen, dass ich Sie für den Kauf lobe. Wenn's Ihnen gefällt, können Sie sich nach der Lektüre selber auf die Schulter klopfen. Aber ich mache das nicht. Ich weiß ja nicht mal, ob Sie das Buch überhaupt gekauft haben. Vielleicht haben Sie es ja geklaut. Oder geschenkt bekommen. Der Titel »Rentnerfischen im Hallenbad« verleitet immer mal wieder Enkel und Urenkel dazu, ihren Verwandten zum Geburtstag oder in der Weihnachtszeit meine Geschichten unterzujubeln. Ich finde das zugegebenermaßen super, denn als Autor muss man ja auch von irgendetwas leben, und Produkttester für Haartrockner, das wäre langfristig keine Alternative für mich. Wobei tatsächlich unklar ist, ob mein jetziger Job überhaupt eine wirkliche Erwerbstätigkeit darstellt. Das weiß ich spätestens, seit ich mal vor ein paar Jahren bei einer Augenärztin war, die eine Augenentzündung bei mir behandelte und mich in dem Zusammenhang interessiert fragte, was ich tagsüber eigentlich so mache. Ich versuchte, es ihr zu erklären. Daraufhin sprach sie einen Satz aus, der wie kein zweiter meine Tätigkeit beschreibt. Sie sagte: »Wenn Sie einen Beruf hätten, dann würde ich Sie jetzt krankschreiben.« Dem ist nichts hinzuzufügen.

Also egal wie Sie in den Besitz dieses Buches gekommen sind, ich hoffe, Sie haben Spaß daran. Es beinhaltet Kurzgeschichten, Lieder, Zeichnungen und Gedichte, aber keinerlei Ratschläge. Dafür empfehle ich Ihnen die Apotheken-Umschau, denn die ist kostenlos und hat das TV-Programm mit drin. Trotzdem kriegen Sie vielleicht Anregungen, zum Beispiel für Ihr Freizeitverhalten. Das ist nicht auszuschließen, denn schon der Titel beschreibt ja ein Hobby, das man mal ausprobieren kann, wenn man dazu Lust hat. Man muss bloß früh genug aufstehen und ein Netz und ein Handtuch mitbringen. Ansonsten gibt's hier aber wirklich keine Tipps, außer vielleicht einen: Wenn Sie mal einen Reiseföhn kaufen, dann probieren Sie den besser zunächst nicht (!) an Ihrer Frisur aus, sondern an einer neutralen Steckdose mit Sicherung, am besten im Keller. Denn der erwähnte Händler hatte bestimmt noch über 500 Stück auf Lager.

Matthias Reuter
Oberhausen im September 2019

FRÜHLING

Ich möchte mich in diesem Buch an die Jahreszeiten halten, vor allem auch deswegen, weil ich an ihnen hänge. Frühling, Sommer, Herbst und Winter, das ist doch 'ne gute Systematik. Der Klimawandel scheint mir als Alternative dazu hingegen so, als hätte man beim Duschen nur noch die Wahl zwischen »eiskalt« und »kochend heiß« – eine Badeidee, die man manchem Klimakonferenzteilnehmer geradezu wünschen würde. Da ertönt jedes freitägliche Greta-Gezeter zu Recht. Außerdem lassen sich die nun folgenden Geschichten gut nach den Jahreszeiten sortieren. Und ein bisschen Ordnung schadet ja nie. Das denken sich viele Menschen gerade im Frühling. Denn zu Anfang des Jahres sind die Vorsätze gut, und darum macht man sich daran, die Wohnung auszumisten. Und in diese Zeit fällt die erste Geschichte.

DAS UNLÖSBARE RÄTSEL DER HERKUNFT UND BESTIMMUNG DES MIT GANZ GROSSER SICHERHEIT UNGLAUBLICH WICHTIGEN WEISSEN PLASTIKDINGS. UNTERTITEL: SCHRÖMMELSCHUBLADE

Wir haben vor Kurzem unseren Schrank aufgeräumt. Und zwar den, in dem sich die Schrömmelschublade befindet. Ich bin mir jetzt nicht sicher, ob dieses Wort auf alle deutschen Bundesländer übertragbar ist. Das heißt, ehrlich gesagt weiß ich nicht mal, ob der Begriff »Schrömmelschublade« möglicherweise nur in meiner eigenen Familie verwendet wird. Ich bin mir aber zu hundert Prozent sicher, dass alle Menschen eine Schrömmelschublade besitzen. Das liegt daran, dass alle Menschen Schrömmel haben. Oder auch Schrömmelskram. Denn der Besitz dieses Schrömmels geht der Schrömmelschubladenexistenz evolutionär voraus, ähnlich wie die Existenz von Wasser der Entwicklung von Kiemen. Nehmen wir mal den Quastenflosser. Der hatte ja auch damals vor knapp 400 Millionen Jahren erst mal bloß eine Lunge. Aber dann war auf einmal alles um ihn herum voller Wasser. Und er kriegte keine Luft mehr. Und so hat er die Kiemen entwickelt, damit er nicht erstickt. Analog dazu merkt der Mensch irgendwann, dass seine komplette Wohnung von oben bis unten voller Schrömmel ist. Und er ist ebenfalls kurz davor zu ersticken. Aber – und das ist der Unterschied zum Fisch – er schafft es nicht, ein adäquates Organ zur Schrömmelatmung biologisch zu entwickeln. Darum packt er das ganze Zeug in eine Schublade, damit er – oder sie – und selten wurde die dritte Person Singular Femininum mit mehr Berechtigung verwendet als hier –, also, damit er *oder* sie *oder* beide in der Wohnung wieder atmen können. Der Schrömmel ist aber immer dabei. Er ist das Plankton des Alltags. Ein Haufen Zeugs, der im Leben mitschwimmt, egal wo die Strömung hingeht. Manchmal geht ein bisschen was verloren, aber selbst nach einem Umzug ist immer noch genug davon übrig, um die nächste Schrömmelschublade wieder komplett damit vollzumachen. Und zwar mit Gardinenröllchen, Streichholzschachteln, kleinen Heftzwecken, Sicherheitsnadeln von der Reinigung, alten Schlüsseln, Feuerzeugen, Haushaltsgummis, Ansteckbuttons, Klammern, Bändern von Konzerten, Kinoeintrittskarten, aufbewahrten Pfeifen von Sankt-Martins-Stutenkerlen, Lesebrillen, Plastikessstäbchen, Aufklebern, Batterien, Glückskeksbotschaften, Hotelseifen, Nähzeug, Fahrradventilen, Tesaabrollern, Überraschungseifiguren, Apotheken-Bonus-Talern und und und und und. Und da sagt jetzt mancher vielleicht: »Dann schmeiß das Zeug doch weg!«

Das geht aber nicht. Denn es sind immer auch solche Sachen dabei wie eben jenes Ding, das ich gerade in der Hand halte, während ich meiner Freundin im Nebenraum zurufe: »Sach ma, das hier war irgendwie wichtig, oder?«

»Was denn?«, fragt meine Freundin.

»Na, dieses weiße Plastikding hier. Das ist so ganz klein und hat so Pinne und so wie so 'ne Kreisfläche und, und ich bin mir sicher, das war irgendwie wichtig, das weiß ich noch.«

»Zeig doch mal.«

Ich bringe es ihr rüber. »Ja, hier, guck mal, das ist so 'n, ja, das is ja mehr so wie so 'n ... so 'n Nuppi, mit diesen drei Pinnen da, und dann diese Kreisfläche, das sieht doch irgendwie total wichtig aus.«

»Ja«, sagt meine Freundin. »Und wofür braucht man das noch mal?«

»Pffff.« Ich gewinne Zeit durch Lungenausatmung. »Ja. Pfffff. Also. Ich könnte mir zum Beispiel vorstellen, dass man diese Pinne da ... irgendwo, also ich sach ma, wahrscheinlich ganz genau passend irgendwo reindingenst.«

»Aha«, sagt meine Freundin. »Und meinst du auch, dieser Kreis wird dann irgendwo ganz genau passend draufgedingenst?«

»Genau«, sage ich. »Das könnte ich mir sehr gut vorstellen. Und dann wird das wahrscheinlich noch irgendwie so ganz genau passend an 'ner wirklich richtig wichtigen Stelle so ...« Ich mache eine kreisende Handbewegung.

Kennen Sie das übrigens? Wenn mir ein Wort fehlt, oder mir fällt der Name von irgendwas nicht ein, dann mache ich oft stattdessen die Handbewegung dazu. So als würde das Wort durch die Handbewegung angelockt. Ich mache das immer. Das ist mir an mir aufgefallen. Dann frage ich zum Beispiel: »Wo ist eigentlich der ...?« Kreisende Handbewegung von unten nach oben in Richtung Mundöffnung, und meine Freundin sagt: »Löffel. Neben dir.«

Ich mache das auch mit Geräuschen, zum Beispiel: »Weißt du vielleicht, wo der ...? Also, ich suche den ... (Finger in pistolenartiger Vor- und Zurückbewegung, Geräusch: Rrrrrrr-Rrrrrrr)«, und meine Freundin antwortet: »Der Akkuschrauber liegt auf der ... (Sie dreht die Finger im Kreis.)« Und dann geh ich zur Waschmaschine. So ist das bei uns. In Scharade sind wir unschlagbar. Ich frage: »Wo ist eigentlich der ... (Bewegung wie Schloss aufschließen, Geräusch aber: Pfffffffffff...)?«, und meine Freundin gibt mir sofort den Heizkörperentlüftungsschlüssel aus der Schrömmelschublade. Der ist ja übrigens auch so 'n kleines Ding.

Aber das, was ich in der Hand habe, das ist was ganz anderes. Und es sieht irgendwie unfassbar wichtig aus. So als ob man das auf gar keinen Fall wegschmeißen dürfte.

»Aber überleg doch ma ...«, schlägt meine Freundin vor. »Wenn dieses Plastikding da so wichtig ist, wie du meinst, dann müsste das ja jetzt gerade irgendwo hier in der Wohnung fehlen. Funktioniert denn irgendwas nicht richtig?«

Ich überlege. Tatsächlich scheint es mir so, als ob bei unserer Toilette die Spülung etwas hakt, seit der Knopf einmal repariert wurde. Ich nehme das kleine, wichtige, weiße Plastikding und eile damit ins Badezimmer.

»Aber mach bitte nix kaputt!« ruft meine Freundin.

»Ich bin doch kein Idiot«, rufe ich zurück. Dann versuche ich, das Teil in die Klospülung einzubauen.

Zehn Minuten später renne ich panisch schreiend in die Küche: »Wo ist der ... (Wischergeste mit Geräusch), und wo kann man ... (Drehbewegung mit der Hand)?«

»Der Wischmopp ist hinter der Tür, und das Wasser dreht man im Keller ab«, sagt meine Freundin. »Hast du das Teil da jetzt etwa ernsthaft in die Toilette reingeschraubt?«

»Nur ganz kurz«, antworte ich wahrheitsgemäß und renne los, um den Mopp zu holen, »aber da gehört es jedenfalls schon mal nicht hin!«

Ich stelle das Wasser im Haus ab, während meine Freundin die Nummer des Klempners sucht.

»WELCHER VOLLIDIOT HAT HIER IM GANZEN HAUS DAS WASSER ABGEDREHT? ICH STEHE UNTER DER DUSCHE!!!«, schreit die Nachbarin von oben.

Meine Freundin guckt mich an, als würde sie von außen mein Gehirn suchen. »Schmeiß das Ding doch bitte einfach weg«, sagt sie.

»Das geht nicht!«, rufe ich. »Das ist wichtig. Das weiß ich.« Das Teil ist mir mittlerweile auch ein bisschen ans Herz gewachsen. Wir haben ja schon einiges zusammen erlebt.

»DAS IS SAUKALT HIER DRIN!!!«, hört man von oben.

»Man muss halt bloß wissen, wo das reingehört. Vielleicht ist es von der Spülmaschine ...«

»ICH HAB DIE HAARE VOLLER SCHAMPONG!!!«,

brüllt die Nachbarin. Meine Freundin guckt mich an, als hätte mein Gehirn sie gebissen.

»Ja, oder ... vielleicht tun wir das Ding auch erst mal hier in die Schublade rein zu den Heftzwecken und dem Entlüftungsschlüssel«, schlage ich vor. »Dann wissen wir immer ganz genau, wo es ist, wenn wir das mal brauchen.« Ich lege das Plastikding neben die Stutenkerlpfeifen.

»Vielleicht schreibste da mal 'ne Geschichte drüber«, sagt meine Freundin. »Dann wäre das Ganze zumindest für etwas gut gewesen. Und ich bestell uns jetzt mal 'ne Pizza. Kochen ohne Wasser geht nämlich auch nicht.«

»Ja, gut. Vielleicht«, sage ich und gehe schmollend in den Flur, um mich von der halb geduschten Nachbarin verfluchen zu lassen. Die Idee mit der Geschichte ist eigentlich ganz gut. Und ich kann ja auch morgen, wenn ich alleine bin, trotzdem noch mal versuchen, ob ich das kleine, weiße Ding nicht doch irgendwie in die Spülmaschine reingedingst kriege.

Als ich eine halbe Stunde später zurückkomme, steht meine Freundin in ausgelassener Stimmung in der Küche. Das kleine, weiße Plastikding balanciert sie triumphierend auf ihrem Handrücken.

»Warum haste das denn jetzt wieder aus der Schublade rausgenommen?«, frage ich. »Das war *doch* für die Spülmaschine, oder? Das hab ich von Anfang an gewusst!«

»Nee«, lacht meine Freundin. »Das ist hier nicht das Ding, das du eben in die Toilettenspülung eingebaut hast. Dieses Ding hier ... hat der Pizzamann gerade mitgebracht. Das stand auf der Pizza Napoli als Abstandhalter zwischen Käse und Karton.«

»Ach«, sage ich und mache eine Geste.

»Genau«, sagt meine Freundin und macht eine ganz andere Geste. »Und darum kann ich dir auch eins mit Sicherheit sagen: Wenn du morgen versuchst, dieses Ding irgendwie in die Spülmaschine reinzudingsen, und es klappt nicht gleich beim allerersten Versuch, dann musst du dir überhaupt keine Sorgen machen: In unserer Schrömmelschublade haben wir noch ein zweites, exakt baugleiches, total wichtiges weißes Plastikding als Ersatz.«

Aber das Frühjahr kann neben guten Vorsätzen auch komplett neue Freizeitideen beinhalten. Hier zum Beispiel mal ein neues Hobby, das gleichzeitig einer der besten Gründe dafür ist, auch in Brexit-Zeiten einen engen wirtschaftlichen Kontakt zu den Briten beizubehalten.

EIN HUND, DER DEINEN WAGEN FÄHRT

Seit Kurzem bin ich der Pionier einer neuen Freizeitbeschäftigung. Ich habe mir nämlich einen Neufundländer gekauft sowie einen gebrauchten britischen Corsa mit dem Lenker auf der rechten Seite. Damit mache ich nun Folgendes: Ich stelle den Rechtslenker auf die niedrigstmögliche Höhenstufe ein und setze mich selbst dahinter. Den Neufundländer setze ich auf den linken Vordersitz, wo ich für ihn ein zweites Lenkrad als Attrappe angebracht habe. So fahren wir mit halb geöffneten Fenstern durch die Innenstadt.

Immer, wenn wir neben einem anderen Auto halten, hebe ich seitlich ein Pappschild hoch mit der Aufschrift: »Hilfe! Der dicke Hund hat mich entführt. Vorsicht! Er kann sehr gut hören. Aber er kann nicht lesen.« Und dann sammle ich die Sätze, die mir die anderen Autofahrer zurückschreiben. Kojak, so heißt der Neufundländer, bellt dabei zufrieden aus dem Fenster und dreht mit seinen Pfoten am Attrappenlenkrad. Der Hund fährt unheimlich gerne Auto. Wir haben beide sehr viel Spaß. Meine bislang gesammelten Lieblingssätze sind – Platz 3: »Können Sie den Hund irgendwie mit einer Hand erwürgen?«, Platz 2: »Haben Sie eine Leberwurst und Valium im Wagen?«, und seit Monaten ungeschlagen auf Platz 1: »Wenn Sie das Fenster ganz aufmachen, dann werfen wir unsere Katze rüber.«

Ein wunderbares Hobby. Dem Kronkorkensammeln deutlich vorzuziehen. Und es hätte auch ewig so weitergehen können, wenn ich beziehungsweise wenn Kojak und ich nicht einen Fehler gemacht hätten. Ob aus Eitelkeit oder jugendlichem Übermut, das ist nicht ganz geklärt, jedenfalls haben wir uns während einer der letzten Fahrten mit meinem Handy selbst gefilmt und das Video bei YouTube hochgeladen. Viereinhalb Millionen Mal wurde es bisher angesehen. Der Hund bekommt deutlich mehr Autogrammanfragen als ich. Vielleicht ist mir aber auch die Lenkerattrappe zu gut gelungen. Tatsächlich scheinen sehr viele Menschen das Video für echt zu halten. Und so haben die Leute begonnen, Kojak und mich mit ihren eigenen Haustieren nachzuahmen.

Aber – und da liegt der Hase im Hospital – nicht mit englischen Fahrzeugen, sondern mit ihren deutschen Privatwagen. Die Unfallstatistik platzt aus allen Nähten. Das Ganze hat sich mittlerweile derart verselbstständigt, dass man von einer regelrechten Internetwelle sprechen muss. Ständig sieht man irgendwelche Dackel am Steuer von VWs, deren Herrchen und Frauchen bei eingeschaltetem Tempomat Videos davon drehen und Fotos machen. Bellfies – so nennen sie das. Und der Tempomat ist noch die beste Lösung. Vor Kurzem hat sich ein Ehepaar – beide Lehrer im Übrigen, so viel zur beruflichen Verstandverteilung in der deutschen Bevölkerung – in der Eifel beinahe umgebracht bei dem Versuch, ein witziges Video mit ihrem Collie zu drehen, wie der mit dem Lehrer-BMW-SUV in Richtung Garage auf sie zufährt. Mit einem schweren Ziegelstein auf dem Gaspedal! Verschlossene Garage. Da will man gar nicht wissen, wie die den Chemieunterricht durchführen! Mann, Mann, Mann! Aber das Schlimmste ist, mit meinem neuen Hobby ist es auch erst mal Essig. Vor drei Tagen haben wir es noch mal versucht. Das lief so ab: Wir fahren mittig auf der Autobahn. Ich halte wie immer mein Pappschild hoch. Da brüllt mir der Typ aus dem Wagen von der rechten Spur ins Ohr: »Seien Sie doch froh! Ihrer fährt wenigstens nüchtern!«

Ich gucke rüber und sehe einen vollkommen besoffenen Golden Retriever, der selbst mit Führerschein den Wagen nicht mehr hätte fahren dürfen, und daneben, und das sag ich jetzt ganz bewusst, einen Bekloppten ersten Grades, der sich und das delirierende Tier mit seinem iPhone filmt. Drunken Dog Bellfie. Das gibt's jetzt auch. Es ist nicht auszuhalten. Immerhin ist Kojak und mir nicht nachzuweisen, dass wir das alles verursacht haben.

Die Polizei ist nämlich zunehmend genervt. Klar. Wenn die bei zwanzig Geschwindigkeitsübertretungen pro Tag fünfzehn Mal 'nen Fiffi rauswinken müssen. Oder ein anderes Tier. Die YouTube-Spinner haben ja nicht nur Hunde. In Lippetal soll ernsthaft ein Bauer versucht haben, für ein Werbevideo ein medikamentös sediertes Schaf oben auf den Trecker zu hieven. Das ist dann auf der anderen Seite wieder runtergefallen und auf seine Frau geplumpst. Vier Rippen kaputt. Also beim Schaf. Die Frau hat beide Beine gebrochen und weigert sich, jemals wieder Wollsocken zu stricken. Kann man verstehen.

Im Stau sieht man teilweise momentan mehr Bernhardiner hinterm Steuer als Menschen. Das Ganze ist ein solcher Hype geworden, dass mittlerweile sogar die mediale Zweitverwertung begonnen hat. Auf RTL haben sie jetzt Kai Ebel neben einen Rottweiler zum Interview in einen Formel-1-Wagen gesetzt. Das Tier lieferte die deutlich intelligenteren Wortbeiträge. Und spätestens seit die Pudel der verbliebenen Jacob Sisters gemeinsam mit dem Hundeflüsterer Martin Rütter den Führerschein Klasse 3 nachmachen, um ihre Frauchen im Alter besser pflegen zu können, weiß ich, dass Kojak und ich ein neues Hobby brauchen.

Und wir haben auch schon was. Wir gehen jetzt spazieren und schwimmen. Ganz wunderbar. Wir haben den kompletten Wald für uns. Und den See auch. Denn eins kann man sagen: Wenn alle Hunde auf der Autobahn sind, dann sind die

Wanderwege frei. Das ist ja das Gute an YouTube. Man kann dort ganz in Ruhe nachgucken, wo der tägliche Wahnsinn gerade stattfindet. Und dann geht man einfach woanders hin. Beispielsweise zum Baggersee. Klar, den Hinweg machen wir immer noch mit dem Corsa. Fällt ja ohnehin nicht mehr auf.

Und wenn wir da sind, dann springen wir zusammen vom Steg in den See. Ein Mann und sein Neufundländer machen die Doppelarschbombe. Und das filmen wir sogar. Mit Kamera und Stativ. In HD. Superhochauflösend. Aber, und das können sich viele jetzt wahrscheinlich gar nicht mehr vorstellen: nur für uns privat. Wuff!

Aber eigentlich braucht es solche ausgefallenen Hobbys ja überhaupt nicht. Gerade im Ruhrgebiet reicht es als Freizeitbeschäftigung oft aus, wenn man ein Fahrrad und 'ne Bude hat. Zumindest war das früher so. Und zu der Zeit konnte man auch noch was an der Trinkhalle lernen ...

»ZWEI GAULEUSE UND BILDER MIT MÄUSE«

Es gibt ja Schulen, an denen sind Panini-Sammelbilder mittlerweile verboten. Und zwar mit der Begründung, dass sich die Schüler zu sehr deswegen streiten. Oft sind das übrigens dieselben Schulen, in denen im Lehrerzimmer bis zu dreißig Senseo-Kaffeemaschinen mit Namensschildchen nebeneinanderstehen, weil sich die Lehrer auch zusammen mit einem Mediator nicht auf eine gemeinsame Kaffeemaschinenanschaffung einigen konnten. Aber das nur nebenbei.

Meine Hoffnung ist ohnehin, dass diese Panini-Prohibition letzten Endes so wirkt, wie es Wolf Biermann einmal besungen hat, nämlich »Was verboten ist, das macht uns gerade scharf«, dass also der heimliche Handel mit den verbotenen Fotografien von Julian Brandt oder Manuel Neuer jetzt erst recht floriert und die Kinder noch mehr tauschen. Wenn der Unterricht nix taugt, muss man sich eben eine vernünftige Beschäftigung suchen. So war das schon immer. Zwei Hector für einen Kimmich. Da kann man ja auch was bei lernen. Das sind Umrechnungskurse wie früher beim Euro.

Apropos Geld. An einer Grundschule in Esslingen hat man die Sammelalben jetzt abgeschafft, weil ein Schüler einem anderen 50 Euro für ein fehlendes Spielerbild gezahlt hat. Wahrscheinlich für Lucas Hernández. Der ist mit der Saison 2019/2020 für 80 Millionen von Atlético Madrid zum FC Bayern gewechselt. Das scheint mir genauso sinnvoll, ist aber noch teurer. So gesehen hat dieses Kapitalistenkind eine wirklich strahlende Zukunft vor sich: zum Beispiel als Sportvorstand beim FC Bayern München. Warum nicht? Oft ist es ja auch gar nicht so sehr die Frage, wie viel man ausgibt, sondern ob man ein paar naive Geldgeber findet, die einen unterstützen. Und wer es schon in der Grundschule schafft, Oma und Opa die 50 Euro für ein einziges Panini-Bild aus dem Portemonnaie zu leihern, der hat dann mit Anfang zwanzig meist schon seine eigene Frozen-Müsli-Joghurt-Internetfirma per Crowdfunding finanziert und wechselt in die Politik. Und wenn nicht, dann hat er zumindest sein Panini-Sammelalbum komplett voll. Und das ist ja auch schon mal was.

Bei mir waren es früher übrigens keine Fußballbilder, sondern *Basil, der Mäusedetektiv*. Das war 1986 ein neuer Walt-Disney-Film. Ich selbst bin ja von 1976, war also zehn Jahre alt. Und ich ging zur Bude, um Basil-Bilder zu kriegen und Zigaretten zu holen. Das gab es damals noch. Aber zu der Zeit waren Panini-Bilder ja auch noch nicht verboten. Da durfte man auch noch rauchen. Die meisten Kinder hatten 1986 allerdings Fußballbilder von der WM in Mexiko. Darum waren Mäusedetektiv-Bilder nur sehr schwer zu tauschen. Und selbst wenn ich meine Doppelten einmal gegen eine obere linke Gesichtshälfte von Klaus Augenthaler eintauschen konnte, war es sehr kompliziert, diese irgendwie passend an die Mäuse dranzukleben. Also musste ich mir die Bilder halt kaufen.

Der Budenmann war dabei klar im Vorteil. Er war sozusagen in einer paninitechnischen Monopolposition. In unserer Gegend bekam ich nur bei ihm Basil-Bilder-Nachschub. Wahrscheinlich war ihm das nicht einmal bewusst, aber für mich war's ein Problem, denn immer wenn er mich von Weitem sah, rief er: »Na, zwei Gauleuse und Bilder mit Mäuse?« Und das machte mich wahnsinnig! Nicht nur der bescheuerte selbst erfundene Reim, sondern vor allen Dingen auch die falsche Aussprache der Gauloises-Zigaretten. Wie die auf Französisch richtig hießen, wusste ich nämlich ganz genau.

Ich war 1986 fest davon überzeugt, ein sehr intelligentes Kind zu sein. Ich hatte gute Noten in der Schule, und darauf bildete ich mir ein bisschen was ein. Das war zwar nicht meine sympathischste Eigenschaft. Aber ich war auch schlecht in Sport. Da muss man das verstehen. Wer nicht weit genug springen kann, dem bleibt halt nichts anderes übrig, als sich über eine Eins in Deutsch zu freuen. Kurz gesagt, ich war ein Klugscheißerkind. Ein kleiner Justus Jonas mit Panini-Album. Und mit dem Duden im Tornister. »Zwei Gauleuse und Bilder mit Mäuse« – das regte mich auf. Daran stimmte überhaupt nix. Weder die »Gauleuse« noch die Grammatik bei die »Mäuse«. Und er wiederholte es jedes Mal. Mich hatte das schon beim vorherigen Panini-Album gestört, als er immer »Muuppets« gesagt hatte, mit einem »u« wie in «Gurke«. »Mappet Show«, so musste man das aussprechen. Das wusste ich schon mit sieben. Aber das war dem Budenmann völlig egal. »Na. Hasse immer noch nich alle Muuppets? Die meisten sammeln jetzt auch Schtah Wahs. Kennze nich, wa?«

Kannte ich wohl. Inklusive englischer Aussprache. Aber ich bekam erst mal kein neues Album. Weil das Muppet-Album noch nicht voll war. Weil mir der Budenmann immer nur doppelte Miss Piggys verkaufte. Mein Groll gegen ihn wurde ständig größer. Zunächst hatte er ja wenigstens nur »Gauleuse« gesagt. Bis ich ihm eines Tages erklärt hatte, dass das Französisch sei und »Gauloises« heißt. An diesem Tag hatte er den Reim erfunden. Und seitdem sagte er ihn jedes Mal auf, wenn ich kam: »Zwei Gauleuse und Bilder mit Mäuse«.

Ich grummelte dann immer etwas Abschätziges zurück wie: »Grrhmmhmm.«

Aber er war bestens gelaunt. »Ich kann dich nicht verstehen«, flötete er. »Heute keine Gauleuse? Oder keine Mäuse? Haste etwa auch mit Schtah Wahs angefangen? Wat is eigentlich mit deinem Muuppet-Album – is dat endlich ma voll?«

Da platzte ich! »Hören Sie mal«, fauchte ich von unten in die Budenluke hinein. »Ich bin jetzt zehn Jahre alt. Und Sie sind wahrscheinlich sechzig oder so. Da ist es ja klar, dass ich mehr weiß als Sie. Weil Sie noch keine allgemeine Schulpflicht kannten. Und dafür hab ich auch Verständnis. Aber mal ganz ehrlich: ›Gauleuse‹ – was soll das denn sein? Oder ›Schtah Wahs‹. Oder ›Muuppets‹? Ich komm hier jeden zweiten Tag hin. Und jedes Mal sagen Sie diesen grauenhaften Reim auf, ›zwei Gauleuse und Bilder mit Mäuse‹. Das ist doch nicht zu fassen. So was wird ja auch nicht lustiger durch die Wiederholung. Außerdem ist es grammatikalisch und inhaltlich problematisch. Ich habe mittlerweile bestimmt über 200 Mark für Zigaretten und Panini-Bilder bei Ihnen ausgegeben. Ich finde, da habe ich als Käufer auch ein gewisses Mitspracherecht. Darum möchte ich Sie hiermit darum bitten, diesen Reim nächstens wegzulassen und Muppets, Star Wars und die Zigarettenmarke Gauloises endlich korrekt auszusprechen. Vielen Dank. Und jetzt hätte ich gerne zwei Schachteln blaue Gauloises Blondes und vier Tütchen *Basil-der-Mäusedetektiv*-Bilder. Bitte.« Mit größtmöglicher Herablassung guckte ich von unten hoch zum Budenmann.

»So was habe ich hier nicht«, sagte der und zündete sich eine Zigarette an.

»Hier gibt's nur Gauleuse und Bilder mit Mäuse.«

Ich schluckte. »Ist das Ihr letztes Wort?«, fragte ich.

Er lächelte. »Ja. Es sei denn, du möchtest vielleicht noch ein paar Schtah-Wahs-Bilder mitnehmen. Oder Muuuppets. Ich glaub, ich hab davon noch 'ne ganze Kiste übrig.«

Ich blieb stur. »Also gut. Dann werde ich mir jetzt einen anderen Händler suchen.«

Er lachte. Bis zur nächsten Bude waren es knapp drei Kilometer. Da lief ich hin und kaufte zwei Packungen Gauloises. Der Besitzer hatte tatsächlich nur WM-1986-Paninis und fragte mich, ob ich anstelle der Mäusedetektivbilder eine Mädchenwundertüte wolle. Ich lehnte dankend ab. Als ich nach vierzig Minuten wieder nach Hause kam, hatten meine Eltern schon das Auto aus der Garage geholt, um mich in der Stadt zu suchen.

»Wo bist du denn gewesen?«

»Ich hatte einen grammatikalisch-sprachlichen Konflikt mit dem Budenbesitzer.«

Meine Eltern sahen sich an und schüttelten den Kopf. Das machten sie in letzter Zeit immer häufiger. Mein kleiner Bruder interessierte sich für Fußball. Das beruhigte sie ein bisschen. Ich ging hoch in mein Zimmer und guckte ins Mäusedetektiv-Album. Mir fehlten insgesamt nur noch vier Bilder. Eine vertrackte Situation. Einerseits war ich ein Kämpfer für die Bildung, und so wie ich das sah, auch fast der einzige in unserer Gegend, zumindest an dieser Bude. Und hier ging es um richtig oder falsch. Duden oder Didi Hallervorden. »Juhuhu. Die Wanne is voll – komm jump hinein and sen sei mein.« Sollte es so weit kommen?

Auf der anderen Seite fehlten mir bloß noch vier *Basil-der-Mäusedetektiv*-Bilder. Und der Budenmann hatte noch eine ganze Kiste Muppet-Paninis gefunden. Und davon fehlten mir auch nur noch zwei. Vielleicht war hier auch mal eine ganz neue Denkrichtung gefragt: Sollte man sich als gebildeter Mensch denn ewig abschotten? Sollte man sich nicht auch ein bisschen ans Volk annähern und die Sprache der einfachen Menschen lernen? War nicht auch Sokrates auf den Marktplatz gegangen, um dort mit den Leuten zu reden? Ich blickte auf die vier leeren Felder im Mäuse-Album. Dann nahm ich mein Taschengeld und ging zur Bude.

»Ah, der kleine Franzose«, sagte der Budenmann »Krossongs sind leider aus.«

Ich ignorierte diese überflüssige Spitze. »Guter Mann«, verhandelte ich sachlich. »Ich glaube, wir können es gemeinsam schaffen, unsere umfangreichen Bildungsunterschiede zu überwinden. Ich komme Ihnen etwas entgegen. Sie kommen mir etwas entgegen. Und dann können wir wieder mit dem Handel beginnen und unseren kleinen Konflikt beilegen. Was sagen Sie?«

Er grinste. »Möchtest wohl Gauleuse und Bilder mit Mäuse, wa?«

Ich beherrschte mich heldenhaft.

»Nur die Bilder mit Mäusen, bitte – fünf Päckchen.«

Er gab sie mir. Ich zahlte. Dann sagte ich leise »Tschüss« und ging.

»Ey! Warte ma, Franzose«, rief er mir hinterher. »Ich hab noch wat für dich.«

Er gab mir eine komplette Schachtel mit Muppet-Bildern. »Die Dinger brauch ich eh nicht mehr. Alle normalen Kinder wollen WM '86. Und zurückschicken kann ich die auch nich ... also – vielleicht krisse so deine Muuppets endlich ma voll.«

Er sprach Muppets wieder mit u aus wie in »Hupe« oder »Tupper«, was auch falsch war, aber in diesem Moment auch komplett egal. Denn ich war begeistert. »Echt?«, stammelte ich. Ich konnte mein Glück gar nicht richtig formulieren. Mir fehlten komplett die Worte. »Super! Äh ... äh ... Vielen Dank!« Und dann rannte ich nach Hause, um die Päckchen aufzumachen. Das Muppet-Album hab ich an diesem Tag tatsächlich vollgekriegt. Beim Mäusedetektiv fehlten mir letzten Endes noch zwei Bildchen, war aber nicht so schlimm. Dafür hatte ich noch zwei obere linke Gesichtshälften von Klaus Augenthaler.

Unsere Gegend hatte dieser Tag rein bildungstechnisch kein bisschen weitergebracht. Aber menschlich hatte ich vom Budenmann doch irgendwie was gelernt. Aber was, das fiel mir selbst erst Jahre später auf.

Wie man schon sehr früh politische Bildung vermitteln kann, zeigt nun der nächste Text. Ein Song aus dem Spielbuch »Heut vertragen wir uns nicht. Die Europäische Union für die Kindertagesstätte«:

DIE KINDER IN DER KITA SPIELEN EU

Paul haut Sophie einen Stuhl in den Rücken,
daraufhin sieht man Sophie 'nen blauen Lego-Trecker zücken,
den sie Paul mit einem Fußtritt gegen's Schienbein schießt,
aber Johann trifft, der brüllend fordert: »Rache, du Biest!«
Und er wirft den Trecker durch den halben Saal auf Sophie,
erwischt jedoch versehentlich Karl am Knie.
Das führt sofort zu 'ner großen Prügelei,
und bei der sind nicht nur Johann und Sophie dabei,

sondern auch Paul, Nele, Jule und natürlich der Finn,
das heißt, alle Finns der Kita hauen zusammen hin,
und das sind geschätzt ja immerhin schon zwölfmal Finn,
aber auch Farid, Mia, Max und alle Emmas hängen mit drin,
genau wie Gina, Tina, Hermann und ... die Kindergärtnerin.

Denn die greift nicht ein, nein, nein!
Denn sie allein ... kennt den erzieherischen Sinn darin, denn:

Die Kinder in der Kita spielen EU,
und die Kindergärtnerin guckt dabei zu.
Jedem Kind gibt sie ein T-Shirt mit 'ner Länderfahne drauf,
und dann hetzt sie alle Kitakinder gegeneinander auf.
Das gibt die schönste Schlägerei, und sie hat Ruh,
denn die Kinder in der Kita spielen EU.

Und das geht so (Spielregeln!):

Erst stellt man 'nen Riesenhaufen Regeln auf,
und dann reißt man diese Regeln durch und pfeift darauf.
Dann wird abgezählt, und der, der dabei verliert,
der kriegt das Griechenland-T-Shirt und ist angeschmiert,
denn Spielgeld bekommt er ab jetzt immer nur dann,
wenn er 'nen Regenwurm frisst und das beweisen kann.
Ansonsten wird er von den anderen Kindern weggeschickt,
bis er dem meistgehassten Mädchen einen Kuss aufdrückt.
Die darf das T-Shirt tragen, auf dem »Deutschland« steht,
und kann allen befehlen, wie es weitergeht.
Das führt natürlich zu Streit.
Doch darauf warten alle ja die ganze Zeit!

Denn die Kinder in der Kita spielen EU
mit Kratzen, Beißen, Treten und Kung-Fu!
So lernen hier die Blagen durch frühkindliches Schlagen,
dass in allen großen Fragen sich auch Staaten nicht vertragen.
Und die Großen hauen besonders feste zu,
denn die Kleinen schlagen ist hier kein Tabu!
Darum schreien alle Großen auch: »Juchhu!!!«

Und wenn die Kitatante fragt: »Was sollen wir heute spielen?«,
dann sieht man schon die Ersten mit dem Lego-Trecker zielen,
gleich ob Kemal oder Kalle,
dabei sein wollen sie alle,
und sie rufen: »Bitte, Tante, bitte, du ...
komm, wir spielen heut EU!«

Wir spielen heut EU
Wir spielen heut EU ...

Und was machen Tim und Lukas da,
mit dem Trikot unterm Tisch
und dem Fußball und mit Mamis Portemonnaie?
– Ach, die spielen DFB!

Vor Kurzem hatte mich ein Freund darauf hingewiesen, dass ich noch nie eine Fabel verfasst habe.

»Okay«, hatte ich geantwortet. »Was soll's? Ich probier das mal aus. Aber zu welchem Thema?«

»Rüstungsexporte!«, schlug der Freund spontan vor.

Ein eher schwieriges Fabelthema. Die ersten beiden Versuche mit den Titeln »Die Schildkröte in der Panzerfabrik« und »Schneckler & Koch« landeten dann auch völlig zu Recht im Papiermüll. Übrig blieb dieses Stück tierische Rüstungsexportlyrik:

DER PAZIFISTISCHE HASE

Es war mal ein Hase, der war Pazifist,
und er lebte im Wald, wo dich jeder gleich frisst.
Darum baute der Hase 'ne Waffenfabrik,
doch sich selbst hielt er stets pazifistisch zurück.

Er verkaufte dem Wildschwein 'n Schild und 'nen Speer,
dem Wolf 'ne Pistole, dem Bär ein Gewehr
und dem Fuchs für 'ne Falle ein Netz und 'nen Strick,
doch sich selbst hielt er stets pazifistisch zurück.

Der Reiher bestellte zwei Aufklärungsdrohnen,
um den Teich auszuspähen, wo die Goldfische wohnen.
Die Goldfische kauften zwölf Selbstschussgranaten,
um die Drohnen und notfalls den Reiher zu braten.

Und der Hase verkaufte Raketen ans Reh,
dem Marder 'nen Panzer, dem Luchs ein MG
und dem Maulwurf Patronen, knapp zweihundert Stück.
Doch sich selbst hielt er stets pazifistisch zurück.

Und als der Wald dann brannte, war niemandem klar,
wie's dazu kam und wer schuld daran war.
Und der Hase war gerade auf Kreuzfahrt, zum Glück
hielt der sich am Strand pazifistisch zurück.

Eine wichtige deutsche Freizeitbeschäftigung ist ja der Konsum alkoholischer Getränke. Und ein guter Ort dafür ist das Kabarett. »Auswärts denken mit Getränken« ist seit Jahren die Kleinkunstantwort auf die Volkshochschule, denn dort sucht man zwar genauso in der Gruppe nach Gedanken, aber meist ohne Spirituosen. Allerdings verstecken sich Gedanken oft in alkoholischen Getränken, teilweise ganz unten in der Flasche. Wenn man mal eine Flasche Rotwein trinkt, dann merkt man das. Da sind oft im letzten Glas Gedanken versteckt, die man noch gar nicht hatte, als man die Flasche oben begonnen hat. Trotzdem wird aus mir nie ein Weintrinker werden. Die nächste Geschichte zeigt, warum ...

SCHENKT MIR LIEBER KERZENSTÄNDER

Ich trinke keinen Wein. Nie. Außer manchmal den Glühwein von Ikea, der Glögg heißt und traditionell immer dann getrunken wird, wenn man nach dem Ikea-Besuch endlich glögglich wieder zu Hause ist. Ich vermute aber, dass das Erhitzen von Glögg allgemein nicht als gelöste Eintrittskarte in den Club der deutschen Weinkenner gilt. Ansonsten schütte ich Wein immer nur ins Ratatouille, wobei ich nie weiß, ob die Flasche sehr teuer war oder bloß vom Pizzaservice als Dank für die langjährige, gute Zusammenarbeit mitgeliefert wurde.

Ich habe also offen gestanden einfach keine Ahnung. Ich bin ein Weinbanause. Dabei hätte ich viele Möglichkeiten, Wein zu trinken, denn ich bekomme oft welchen geschenkt.

Wenn man als Kabarettist zu einem Auftritt bei einem Kulturverein irgendwo in Deutschland fährt, dann kennen dessen Mitglieder oft nichts anderes als das Pressebild und den Pressetext zum Programm. Und ich habe meinem letzten Programm etwas unbedacht den Titel »Auswärts denken mit Getränken« gegeben. Dieser Titel, gepaart mit meinem Foto, scheint dafür zu sorgen, dass man mich in jeder Kleinstadt mit Kabarettreihe für eine Art dionysischen Dauerschlucker am Klavier hält, der es unter zwei Flaschen Rotwein gar nicht erst auf die Bühne schafft. Diese zwei Flaschen schenkt man mir meist schon direkt nach der Ankunft, oft auch heimlich in einer Papiertüte.

Wenn ich dann mein Programm gespielt habe und die Zuschauer im besten Fall alle zufrieden waren, bekomme ich auf der Bühne vom Vorsitzenden des Kulturvereins noch zwei weitere Flaschen überreicht. Ich freue mich dann immer, weil das so eine nette Geste ist, weiß aber auch, wie viele Wochen Ratatouille jetzt vor mir liegen, und denke, ehrlich gesagt, auch häufig über das Gewicht der Flaschen im Koffer nach.

Zum Abschied schenkt man mir dann immer noch zwei Flaschen Wein und eine selbst gebrannte Schnapsvariante, denn man möchte mir ja auch helfen, am nächsten Tag irgendwie aus dem Bett zu kommen.

Mit sieben zusätzlichen Flaschen im Gepäck fahre ich dann im ICE weiter. Immer wenn ich meinen Koffer bewege, klingt es so, als würde ein Laster gegen einen Getränkemarkt fahren.

Einmal rief ein Kind durch das ganze Abteil: »Mama, der Onkel klirrt«, woraufhin die Mutter mindestens ebenso laut antwortete: »Nein, Moritz, der Onkel trinkt.«

Den Rest der Fahrt schauten die beiden vorwurfsvoll auf meine zittrigen Säuferfinger, sodass ich wirklich ein bisschen nervös wurde und beim Vorzeigen der BahnCard mein Portemonnaie fallen ließ, das ich dann auf allen vieren kriechend wieder aufheben musste, wobei mir der Rucksack umkippte, der allerdings zwei Flaschen Rotwein eines anderen Kulturvereins enthielt, die dann tatsächlich klirrend im Abteil zu Bruch gingen.

Mittels einer Plastiktüte versuchte ich, den Wein aufzufangen, damit er nicht auf mein Notebook lief. Dabei hörte ich den kleinen Moritz schreien: »Hier stinkt's nach Fusel, Mama.«

Und dann seine Mutter: »Da! Guck dir das an. Jetzt versucht er auch noch, die Reste aus der Plastiktüte zu trinken. Das ist Alkoholismus.«

»Jetzt hören Sie doch ma auf!« verteidigte ich mich und machte dabei eine etwas ungeschickt ausladende Geste mit der Tüte, sodass diese sich komplett über einem winzigen Pudel entleerte, den eine Frau in einer Art Pudelbeutel mit in den Zug gebracht hatte. Das vormals weiße Tier verfärbte sich rosé und schien den Wein zumindest lieber zu mögen als ich. Aber die gleichsam begossene Pudelbesitzerin schrie was von Tierquälerei und begann, mit der Zeitschrift *Mobil* auf mich einzuschlagen, was tatsächlich sogar noch etwas unangenehmer ist, als das Blatt zu lesen.

Währenddessen brüllten Mutti und Moritz nach dem Schaffner, der mich letzten Endes am nächsten Bahnhof unsanft und unschuldig aus dem Zug warf. Und den Koffer hinterher. Dabei gingen dann auch noch die restlichen Weinflaschen zu Bruch. Immerhin blickte der kleine Pudel mir angesoffen, aber dankbar durch das Zugfenster hinterher. So hatte wenigstens einer von uns beiden heute Spaß.

Ich fuhr mit dem weindurchtränkten Koffer weiter zum nächsten Auftritt bei einem kleinen Kulturverein in Baden-Württemberg, wo mich der Veranstalter glücklich schnuppernd mit den Worten begrüßte: »Na, gestern harte Nacht gehabt?«, und mir direkt zwei Flaschen Wein in die Hand drückte – für alle Fälle. Wenn's einmal läuft, dann läuft's.

Es scheint mir aber auch so zu sein, dass das Weintrinken auf der Bühne bei vielen Kleinkunstfreunden unheimlich hoch im Kurs steht. Anders kann ich mir folgenden Originaldialog nicht erklären, den ich mit einem langjährigen Kabaretttheaterbesitzer in einer nicht näher genannten deutschen Kleinstadt führen durfte:

Der Veranstalter: »Möchtest du beim Auftritt was trinken?«

Ich: »Ja, gerne. Habt ihr 'ne Flasche Wasser für mich?«

Der Veranstalter (beleidigt grummelnd): »Grummelgrummelgrummel ... Flasche Wasser ... grummelgrummel.«

Ich: »Also notfalls ginge auch Leitungswasser. Das ist gar kein Problem.«

Der Veranstalter (grummelt lauter): »Grummmelgrummelgrummel. Leitungswasser. Grummelgrummel.«

Ich: »Hab ich was Falsches gesagt?«

Der Veranstalter: »Solche Typen wie du, die sind mir gerade recht. Die kommen hier rein mit ihren Rollköfferchen. Und haben ihr Mikro selbst mit dabei. Und halten sich an die Zeiten, die ich in die Verträge schreibe, und wollen dann ein Leitungswasser auf der Bühne und bügeln ihr Hemd und lernen den Text. Und dann klappt alles immer sooo ... reibungslos ... und die Zuschauer applaudieren am Schluss, und dann verkaufen sie denen ihre Scheiß-CDs und trinken dabei noch ein Feierabendleitungswasser. Früher, da sind mir hier an so 'nem Kabarettabend wie heute die Hälfte der Zuschauer abgehauen, weil alle auf der Bühne so voll waren, dass keiner mehr was verstanden hat. Früher, da kamen die Kabarettisten hier erst drei Minuten vor Beginn besoffen rein und haben dann fünf Stunden so weitergemacht. Was weiß ich, was die den ganzen Abend erzählt haben. Aber denen konnte ich stundenlang zuhören.«

»Ja. Und jetzt?«

»Jetzt kommen Typen wie du hierhin. Und darum gibt's bei mir nur noch Wein zu trinken. Sonst nix.«

»Ja. Und wenn ich jetzt Alkoholiker wär'?«

»Der Qualtinger war Alkoholiker. Hat das dem Kabarett geschadet?«

»Nee, aber ich glaube, dem Qualtinger. Ist der nicht wegen Saufen gestorben?«

»Das is doch scheißegal jetzt. Ich hab's so satt. Dieses ganze Geklatsche. Diese beschissene Zufriedenheit. Dieses verfluchte Nichtraucherveganerallergikervolk, das die Karten im Vorverkauf im Internet per Onlinebanking bezahlt und dann bis zum Ende bleibt und klatscht. Ich will, dass hier endlich ma wieder einer abhaut, verdammtnochma!!!«

Ja. Dann bin halt ich abgehauen. Noch vor dem Einlass. Bin ich nach Hause gefahren. Und der Veranstalter musste dem kompletten Publikum absagen. Das fand der super. Der hat mir die volle Gage gezahlt und mich bei der Künstleragentur noch mal ausdrücklich gelobt. Ich hätte zwar nix gemacht, aber er sähe da bei mir eine grundgute Richtung für die Zukunft. Der schickt mir jetzt einmal im Jahr 'ne Kiste Rotwein. Zum Üben, wie er sagt. Wenn's mir schmeckt, darf ich wiederkommen.

Aber das klappt halt nicht so richtig. Es ist bei mir auch jedes Mal das Gleiche. Ich schütte mir so 'n Glas von diesem Barolo da ein und setze mich davor. Dann nippe ich daran und denke: Hm. Da könnte man jetzt auch 'nen Beutel GLÜHfix reintun. Und Nelken, Orangen, Zimt und Zucker. Und dann schütte ich die Hälfte der Flasche in einen Topf. Und während ich neben dem Glühweintopf warte, wird's mir oft sehr warm. Und darum kriege ich Durst auf kaltes Bier. Und bis der Glühwein fertig ist, hab ich in der Regel schon drei Pils getrunken. Darum hab ich dann meist keinen Durst mehr auf Glühwein. Stattdessen trinke ich lieber noch zwei weitere Pils, schütte den Glühwein weg und stelle die übrige halbe Flasche Rotwein neben das Gemüsefach. Was soll's? Gibt's morgen halt mal wieder Ratatouille.

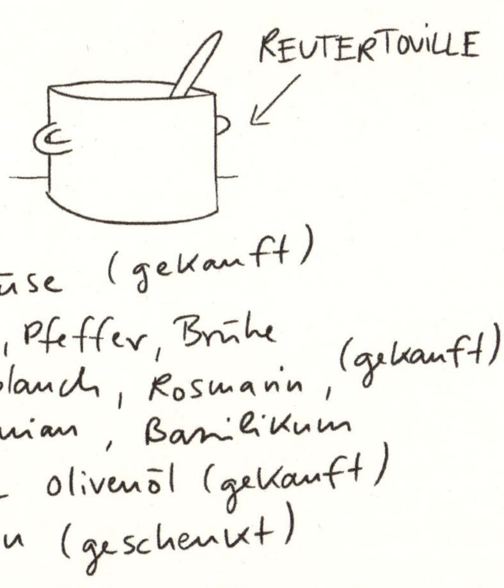

Mit der steigenden Anzahl der Weintrinker ist in den letzten Jahren auch die Anzahl der Weinausschenker rasant angestiegen. Wo man auch hingeht, tauchen wie aus dem Nichts irgendwelche Sommeliers auf, die einem zu jedem erdenklichen Anlass ungefragt eine Flasche unter die Nase halten. Mittlerweile gibt es derart viele Weinkenner, dass die Stellen für sie rar werden. Einige schulen um und werden Senfsommelier, Olivenölsommelier, Biersommelier, Bratwurstsommelier oder Thunfischsommelier. Andere wechseln den Job komplett. Dazu hier ein Trinklied:

NUANCEN VON FLIEDER

Animierend mit Rosenholz, Tabak und Leder,
saftig, recht üppig, doch auch mit viel Charme,
würzige Kirschfrucht und Nachhall von Zeder:
So steht's auf der Blutwurst im eigenen Darm.

Pfeffer und Nougat, druckvolle Note,
Waldbeerenwindhauch im Sommerfeldgras,
flüchtiger Gruß von der Kardamomschote:
So steht's auf dem Thomy-Salatmayoglas.

Klassische Nase, röstiger Abgang,
hauchzarter Rauch, ein Gedanke Spinat,
pfiffige Düfte vom Spargel am Südhang:
So steht's auf dem Restposten Klick-Laminat.

Winzer in der Werbeagentur – lalala.
Winzer in der Werbeagentur – lala.
'ne Umschulung, die muss nicht immer einfach sein!
Winzer in der Werbeagentur.

Auf dem Drehstuhl Palermo steht:
erdbeergleich-kräftig, malzige Zuckren und sanfter Akzent.
Auf dem Drehstuhl Sieglinde steht:
schwimmend im Abgang,
nasige Nuss und leicht zimtig im Trend.

Auf dem Drehstuhl Giovanni steht:
feurige Schärfe, wohlwollend beerig mit viel Temperament.
Auf dem Drehstuhl Hans Albers steht nichts, bloß »bequem«.
Das war der Azubi. Der hat kein Talent.
Auf dem Drehstuhl Hannover steht:
wuchtig im Nachhall, Nuancen von Flieder, lokal expressiv.
Das stand ursprünglich auf dem Toilettensitz Smutje,
doch das war dem Hersteller zu kreativ,
und er rief:
»So geht das nicht in den Verkauf!«
Darum steht da jetzt feinperlig-lieblich darauf.

Winzer in der Werbeagentur – lalala,
Winzer in der Werbeagentur – lala.
'ne Umschulung, die muss nicht immer einfach sein!
Winzer in der Werbeagentur.

Ein Typ, der am Gaumen die Säuren gut bindet.
Mit Mandel- und Himbeeraromen im Fass,
reife Tannine und kraftvolle Würde,
feinfruchtig-kreidig und mostiger Bass,
sherry-gelagerte Kirscheleganz
mit guter Struktur und Pimentmonogramm,
knochige, kräutrige Würze von Minze:
So steht es im Text zu meinem neuen Programm.

Winzer in der Künstleragentur – lalala.
Winzer in der Künstleragentur – lala.
'ne Umschulung, die kann auch sehr erfolgreich sein!
Winzer in der Künstleragentur.
Ta-taaa!

Für viele Menschen ist das Frühjahr nicht die Zeit kulinarisch-alkoholischer Genüsse, sondern eher für eine Schlankheitskur. Nicht nur in der Fastenzeit werden zu Jahresbeginn die unterschiedlichsten Versuche unternommen abzunehmen. Dabei gibt es Diäten, die einfach durchzuhalten sind (zum Beispiel die Akupunkturdiät – dabei werden ja überall kleine Löcher gemacht, und das Fett fließt dann langsam über Nacht ab), andere Abnehmkuren sind nicht so einfach durchzuführen. Vor allem solche mit einer eher einseitigen Ernährung sind eine echte Herausforderung. Dazu mal ein lyrischer Erfahrungsbericht aus dem Ruhrgebiet.

ANANASQUADRAT

Ich mach ’ne Ananasdiät.
Das ist ganz einfach.
Ich darf nur Ananas, was andres darf ich nich.
Das Rezeptbuch kostet 75 Euro.
Schmeckt auch ganz gut, bloß die Rezepte ähneln sich.

Aber das macht nix.
Ich mag Ananas ja gerne:
auch gegrillt, als Suppe oder als Salat.
Und als Durchhaltebelohnung ess ich täglich
vor dem Schlafengeh’n ein klitzekleines Ananasquadrat.

Gut. Mit der Zeit,
da ist halt Kreativität gefragt.
Ohne Abwechslung werd’n Schlankheitskuren hart.
Morgens gibt es Ringe, mittags Streifen, abends Kugeln
und vor dem Schlafengehen das angesprochene Ananasquadrat.

Zwei bis drei Tage
nehm ich ziemlich deutlich ab.
Sie werd’n nich glauben, was man an Kalorien spart,
wenn der Appetit versiegt, weil man ja sowieso nix kriegt
außer den Streifen, Ringen, Kugeln und dem Ananasquadrat.

Nach gut 'ner Woche
seh ich selbst aus wie mein Essen.
Die Haut wird gelb. Das geht nich ab. Da hilft kein Bad.
Und ich rieche wie ein Glas Piña Colada,
doch ich bleib tapfer und ess Tag für Tag mein Ananasquadrat.

Nach zehn Tagen hab ich Träume von Papayas,
Litschis, Kirschen, Grapefruits, Erdbeeren und Granat-
äpfeln, die mit ihren Fingern auf mich zeigen
und rufen:
»Jungs, da kommt der Spinner mit dem Ananasquadrat.«

(Sicher, jeder weiß, dass Grapefruits nicht mit dem Finger auf einen zeigen, aber wenn man sich lange Zeit sehr einseitig ernährt, dann lässt die Wahrnehmung stark nach. Und man kriegt immer schlechtere Laune, was auch die nächsten Zeilen verdeutlichen.)

Nach knapp zwei Wochen
hass ich nichts so sehr wie Ananas.
Ist mir auch scheißegal, in welchem Aggregat-
zustand – Kugel oder Brei, das ist mir völlig einerlei,
und der allermeiste Hass, der gilt dem Ananasquadrat.

(Und wenn man an diesem Punkt angelangt ist, dann ist jede Diät sozusagen gegessen …)

Am Tag sechzehn
ertapp ich mich beim Duschen
bei dem Versuch, wie eigentlich so Shampoo schmeckt.
Ich find's ganz brauchbar und trink gleich die ganze Flasche,
und dann sag ich »Tschüss, Diät« und »Hallo, Jojo-Effekt«.

Ich fahr zu Aldi
und kauf Pizzateig und Schinken
und so viel Käse, als wär ich im Internat
für besonders dicke Sumoringer Chefkoch,

doch dem Diätplan bleib ich treu,
ich nenn das Pizzablech »Hawaii«,
denn in der Mitte liegt ein klitzekleines
Ananasquadrat.

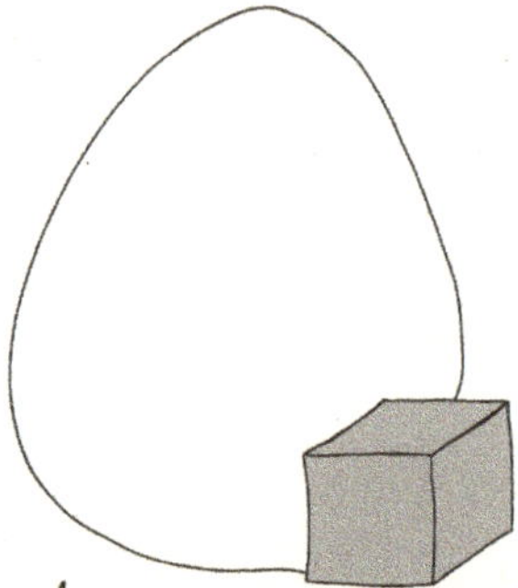

Trinken und Reisen – das gehört für viele zusammen wie Schlaf und Büro. Und das ist auch gut so. Denn gerade im Urlaub ist man gesellig, aufgeschlossen und trifft auf Menschen, die man ohne Alkohol kaum ertragen könnte. Wichtig ist dabei aber, dass man einen Urlaubsort findet, der zu einem passt. Denn es gibt Orte, die sind zwar schön, aber man stellt schnell fest, dass sie zu anderen Menschen viel besser passen als zu einem selbst. Und diese Leute sind dann oft auch schon da:

144 METER LEBENSFREUDE – EIN BESUCH AUF DER DROSSELGASSE IN RÜDESHEIM

Jawoll, es gibt ihn! Den Ort, an dem ich (Jahrgang 1976) der jüngste und (das muss man noch hinzufügen) mit 1,68 Meter Körperhöhe auch der größte Mann sein kann. Ich schreibe bewusst »Mann«, denn meine Freundin ist 1,70 Meter groß und damit die größte Frau der Stadt. Wir sind in Rüdesheim.

Unterwegs von Karlsruhe nach Duisburg sind wir beide völlig unvorbereitet hier reingeraten. Kurz zuvor waren wir noch so klein wie immer, doch schon kurz hinter der Rüdesheimer Ortsgrenze sind wir auf einmal schlagartig gewachsen. Beziehungsweise sind alle anderen geschrumpft, aber mit dem gleichen Ergebnis: Wir fühlen uns wie Gandalf der Graue zwischen den Hobbits. Allerdings bei umgekehrten Altersverhältnissen, denn hier sind alle Hobbits grauer als wir.

Bei näherem Hinsehen stellen wir auch fest, dass das gar keine Hobbits sind, sondern Rentner – Hunderte, ach was, Tausende von feierbiestigen Methusalixen. Oder besser Papa Schlümpfen und Mama Schlümpfen, denn in Rüdesheim sind alle Rentner blau. Sie haben sich schon auf dem Weg hierhin im Bus oder auf dem Schiff mit allem betankt, was die deutsche Likörindustrie für amüsierwillige Bingospieler so bereithält. Wer hier nicht voller Eierlikör ist, der ist Japaner. Denn davon gibt es in Rüdesheim mindestens genauso viele. Und die sind *voll integriert* – im wahrsten Sinne des Ausdrucks. Was dem Japaner an Eierlikör im Körper fehlt, holt er mit Asbach Uralt auf. Asbach Uralt gibt es hier überall. In allen Formen. Man macht den Mund zum Atmen auf und hat sofort mindestens 4 Zentiliter Asbach in der Blutbahn. Würde man in Rüdesheim nach Öl bohren, sprudelte in kürzester Zeit reinster Asbach Uralt hektoliterweise aus der Pipeline. Und wahrscheinlich ist es 1892 ganz genauso gewesen: Hugo Asbach wollte gerade seinen ersten selbst konstruierten Japanermagneten (So was gibt's nicht, sagen Sie? Fahren Sie mal nach Rüdesheim, sage ich.) im Garten vergraben, als er plötzlich auf ein riesiges Weinbrandvorkommen stieß, das fortan meterhoch in die Luft sprudelte und niemals versiegen sollte. So wurde der erste deutsche Cognac geboren. Den Magneten ließ Asbach einfach an der Quelle liegen. Und aus diesem Grund fühlen sich heute Millionen von Japanern geradezu magisch angezogen von einem geheimnisvollen Ort, den sie einmal im Leben besucht haben müssen, um überhaupt zu richtigen Japanern zu werden. Und dieser Ort heißt »Drosselgasse«. Und genau dort haben meine Freundin und ich aus Versehen eine Übernachtung in einem Weinfass gebucht.

»Echt schnuckelig!«, hatte meine Freundin noch zu Hause bei der Internetbuchung ausgerufen. »Übernachten im Weinfass. Das ist romantisch. Und urig und ruhig und wunderwunderschön!«

»Das machen wir!«, hatte ich selbst zurückgejubelt. »Bedürfnislos wie Diogenes in der Tonne. Nur der Rhein, der Wein und wir. Entspannung pur in der Natur.«

Wir überwiesen die 100 Euro sofort per Onlinebanking.

Jetzt sind wir hier, und es gibt kein Zurück mehr. Unser Fass trägt den Namen »Martinsthaler Wildsau« und befindet sich im Innenhof einer Gaststätte, die bei betrunkenen Greisen wie Japanern gleichfalls gut ankommt. Beide Gruppen tummeln sich im Hof und warten auf die Nacht. Denn genau vor den Hotelzimmerweinfässern wurde eine Bühne aufgebaut. Darauf stehen einige osteuropäische Marianne-

und-Michael-Imitatoren mit Blasinstrumenten und einem Akkordeon.

Meine Freundin und ich beschließen, den Rest des Abends im Fass zu bleiben.

Um 18:00 Uhr hören wir von draußen eine Akkordeonversion von »Wenn das Wasser im Rhein goldener Wein wär'«, gesungen mit einem hübschen polnischen Akzent. Das gefällt uns recht gut, und wir schunkeln zu zweit in der Martinsthaler Wildsau sogar ein kleines bisschen mit. Als Nächstes spielt die Band »Wenn das Wasser im Rhein goldener Wein wär'«, gefolgt von »Wenn das Wasser im Rhein goldener Wein wär'«.

»Das kann doch nicht sein«, sagt meine Freundin. »Die können doch nicht drei Mal dasselbe Lied nacheinander spielen!«

Aber sie können. Ich blicke durchs Guckloch der Martinsthaler Wildsau. Singende Rentner und selige Japaner liegen sich schunkelnd in den Armen. Wein und Asbach fließen in Strömen. Keinem fällt auf, dass sich die Musik nie ändert.

»Vielleicht wechseln sie ja stündlich«, hofft meine Freundin. Aber das tun sie nicht.

Um 23:30 Uhr hören wir »Wenn das Wasser im Rhein goldener Wein wär'« zum 85. Mal, allerdings mit einer leichten Veränderung – die Sängerin und der Sänger lallen. Offenbar geben einige der Japaner der Band Weinbrand aus.

Wir beschließen, uns Socken in die Ohren zu stopfen und ins Bett zu gehen. In diesem Moment klopft es von außen am Fassdeckel. Vor der Tür stehen eine betrunkene Oma und ein betrunkener Opa.

»Wir sinnvonner Pollissei«, lallt die Oma und zeigt mir ihren Mitgliedsausweis vom Rommé-Verein. »Wirmüssssenssie warnen. Esssind Betrüger unterwegs, die den Ennnkeltrick anwennnen. Sie müssen sssoffort das Fass verlasssen.«

Dann versucht sie, an mir vorbei durch die Tür zu gehen. Ich stelle mich ihr in den Weg. »Was soll denn der Quatsch?«, frage ich. »Wer soll denn hier in Rüdesheim bei uns den Enkeltrick anwenden? Die einzigen beiden, die hier von irgendwem die Enkel sein könnten, das sind doch wir.«

»DASSIND DIE ZWEI!!!«, schreit die Oma. »Theodor, nehmense die beiden fessst!«

Der Opa kommt mir bedrohlich schwankend näher. Aber meine Freundin geht dazwischen: »Jetzt ist aber mal Schluss hier! Was soll denn der ganze Quatsch überhaupt?«, fragt sie.

Der Opa lacht: »Habbt ihr da Sssocken innnen Ohren? Odder wachsssen die euch ausm Kopp?«

Verschämt entstrumpfen wir unsere Gehörgänge. »Das ist doch jetzt auch egal«, sage ich. »Was wollen sie denn von uns?«

Die Oma wird ein kleines bisschen rot. »Alssso, ganz ehrlich, mein Freund Theodor hier und ich. Wir sssind beide fast achssig Jahre alt. Und wir ham uns heute Abend hier aufd Drosslgassse in Rüssheim kennengelernt. Unnn wir dachten, hier wär' vielleicht keiner drinnn, und wir könnnten mal kurz für ein Stündchen verschwwwinnnen, wennsie verstehnwasssichmeine ...«

Wir sind schockiert.

»Ihr könntja vielleich da vorne im Ssessel warten, und wir gehen in die Dusche«, sagt der Opa. »Oder könnwer euern Autoschlüssel habbem?«

Wir schaudern. »Gibt's denn keine andere Möglichkeit?«, fragt meine Freundin. »Sie könnten doch auch einfach ein bisschen auf der Bank da vorne sitzen und Händchen halten.«

Die beiden Senioren gucken uns fassungslos an. »Ja, macht ihr euch noch lussstig, ihr jungen Hüpfer«, sagt die Oma. »Wir sssinnd bald achsssig alt. Für unsssisss alles fasst vorbei. Und da willman ma einmal ein kleinnesbissschen glücklich seinn.

Unnnann kommt ihr auf euerm hohen Rosss un mit euern Socken innnen Ohren angerittem un machteinemmalles kaputt.«

Meine Freundin und ich gucken uns betreten an. Dann treffen wir eine gemeinsame Entscheidung. »Aber wirklich nur eine Stunde«, sagen wir, nehmen zur Sicherheit unsere Autoschlüssel mit und gehen spazieren, ein paar Mal die Drosselgasse rauf und runter.

»144 Meter Lebensfreude«, so steht es auf dem Werbeflyer der Stadt Rüdesheim. Berechnet wird diese Zahl offenbar wie folgt: 80 Lebensjahre mal 1,8 Promille gleich 144 Meter Lebensfreude. Denn um diese Zeit ist es hier wie am Ballermann, bloß mit mehr Japanern. Und mit Asbach Uralt statt Sangria. Tausende von Best-Age-Überschreitern taumeln wie die Zombies singend durch die Stadt und schreien nach Wein und Polka. Auch greise Junggesellenabschiede sind dabei und grölen Lieder, die bestimmt ab 18 sind. Aber das ist hier das geringste Problem. Eins steht jedenfalls fest: Man kann in Würde altern ... oder in Rüdesheim.

Zum Glück wird unser Fass bald wieder frei, denken wir uns und machen uns auf den Heimweg. Doch schon aus etwa 35 Metern Lebensfreude Entfernung sehen wir, dass da irgendetwas nicht stimmt. Unser Fassdeckel steht sperrangelweit auf. Aber von Oma und Opa ist nix mehr zu sehen. Wir rennen zur Wildsau.

Im Fass stellen wir mit Entsetzen fest, dass man uns ausgeraubt hat. Sogar mein Rasierschaum wurde gestohlen. Und die Socken. Außerdem unser ganzes Geld.

»300 Euro!«, fluche ich. »Diese verdammten, miesen, alten ...«

In diesem Moment entdecken wir ein DIN-A4-Blatt, das man offenbar für uns aufs Bett gelegt hat. Und einen Fünfzigeuroschein, der danebenliegt. Auf dem Blatt steht: »Wir haben uns 250 Euro genommen, weil ihr so doof seid. Und wir lassen euch 50 Euro, weil ihr so nett seid. Vertraut nie jemandem, bloß weil er alt ist. Unser Tipp: Der Enkeltrick funktioniert auch umgekehrt. HAHAHAHA! Hasta la vista, ihr Deppen! Und noch 'ne schöne Zeit in Rüdesheim! PS: Wascht lieber noch mal eure Bettwäsche durch.«

Wir trauen uns daraufhin nicht mehr ins Bett, packen unsere übrig gebliebenen Siebensachen in eine Tüte und verbringen den Rest der Nacht im Auto. Das ist zwar unbequem, aber immerhin haben wir für 250 Euro heute mal etwas gelernt, das man in keinem Reiseführer findet: Für die Stadt Rüdesheim sind wir beide einfach noch nicht alt genug.

HERR BULGUR UND HERR FÖRSTER HABEN GEHEIRATET

Herr Bulgur und Herr Förster haben geheiratet,
ganz in Weiß, jedenfalls die Frisur,
denn zusammen sind sie 170 Jahre alt.
Und bevor einer von ihnen auf die Bahre knallt,
machen beide Greise
als Hochzeitsreise
noch 'ne Magical-Germany-Tour.

Der Standesbeamte reagiert irritiert,
weil mit 87 selten wer verheiratet wird –
und wenn, dann halt meistens mit 'ner Frau in jünger
und nicht mit einem 83-jährigen Ringer
mit Vollbart und Migrationshintergrund,
'nem dicken Bauch und mit einer Pfeife im Mund.

Herr Förster fragt: »Ist es richtig, dass mein Mann
nach der Hochzeit hier in Deutschland bleiben kann?«
Der Standesbeamte sagt: »Das kann schon so sein.
Es sei denn, Sie führen diese Ehe nur zum Schein.«

Daraufhin kriegt Herr Bulgur einen Zungenkuss,
bei dem er selbst ein kleines bisschen lachen muss,
was dem Beamten jedoch verborgen bleibt,
weil er angewidert alles, was sie wollen, unterschreibt.

Herr Bulgur und Herr Förster haben geheiratet,
ganz in Weiß, jedenfalls die Frisur,
denn zusammen sind sie 170 Jahre alt.
Und bevor einer von ihnen auf die Bahre knallt,
machen beide Greise
als Hochzeitsreise
noch 'ne hammerharte Abschiedstour.

Die Koffer ham die beiden schon gepackt vor der Tür
und 'nen uralten Traktor und zwölf Kisten Bier,
die im Planwagen stehen, der am Trecker hängt,
den dann immer jeweils einer von den Eheleuten lenkt,
je nachdem, wer gerade mehr Promille hat,
und so brettern sie mit 5 km/h durch die Stadt.
Ein Polizist brüllt sie an: »Sind Sie beide noch normal?«
Doch Herr Förster klärt ihn auf: »Wir sind ein Reisedenkmal.
Der Trecker fahrende Flüchtling. Das ist Kunst. Kapiert?
Wir haben zehn deutsche Biere in Herrn Bulgur integriert,
um zu zeigen, was man hier am Fahrstil sehen kann:
Integration fängt immer von innen an.«
»Und warum fahrense mit dem Ding dann durch die 70er-Zonen?«
»Herr Wachtmeister, das nennen wir ›barrierefreies Wohnen‹.«

Herr Bulgur und Herr Förster haben geheiratet,
ganz in Weiß, jedenfalls die Frisur,
denn zusammen sind sie 170 Jahre alt.
Und bevor einer von ihnen auf die Bahre knallt,
machen beide Greise
als Hochzeitsreise
noch 'ne Magical-Germany-Tour.

Mit dem Trecker und dem Hänger halten beide dann
vorm Eingang vom AfD-Parteibüro an,

und sie hängen ein Schild mit »Just married« drauf
mitten an der Seite des Planwagens auf,
denn das wär' ja auch kein richtiges Hochzeitsfest,
wenn man sich nicht mal gebührend feiern lässt.
Ein paar Obdachlose laden sie zum Freibier ein.
Die AfD-Mitglieder stehen vorm Trecker und schrei'n,
und bald trifft sich hier jeder Arsch der Stadt,
der brüllt, weil er was gegen diese Hochzeit hat:

Salafisten und Pegida-Typen,
Nazis und Verkehrspolypen
und jeder Nachbar, den der Krach da stört.
Und natürlich auch der Mann, dem der Trecker gehört.
So stehen sie da – mit alle Mann
und brüllen den alten Traktor an,
auf dem ein Muslim und ein Christ
zeigen, was Spaß im Alter ist.

Touren durchs Ruhrgebiet lohnen sich immer. Vor knapp zehn Jahren, anno 2010, waren wir ja offiziell Kulturhauptstadt Europas. Spätestens seit jenem Jahr ist das Revier Tourismusregion. Und wir haben ja auch einiges zu bieten: Autobahnen, die zum Verweilen einladen, dieses spezielle Gefühl der Entschleunigung in den Warteschlangen unserer Einkaufscenter, riesige Stahldosen ohne Pfand, die wir mit Kunst vollmachen und – natürlich – Horst Schimanski.

DIE SCHIMANSKI-TOUR

Wenn man im Ruhrgebiet in einer Zechensiedlung wohnt, kann es sein, dass man selbst unfreiwillig zum Ferienereignis wird. Denn Industriekultur wird touristisch vermarktet. Immer wieder werden Besucher aus zum Beispiel Baden-Württemberg angelockt, die durch denkmalgeschützte, aber bewohnte Straßen pilgern, um dort die Ureinwohner in den Zechenhäusern zu beobachten. Oft müssen diese sich dann durchs Küchenfenster Sätze anhören wie »Ei gucke mol, Helmud, e Kichemascheenle hend se jetzt aber au« oder »Ei gucke mol, Ingrid, glei schmiert er sich e ›Bütterken‹, des ischd e Väschperle für en's Gschäft. Oda ›Maloche‹, wie de ›Ruhri‹ dazu sage däd.«

Dann gucken die Zechenhausbewohner aus ihren Fenstern heraus und entdecken im Vorgarten Gruppen von süddeutschen Touris, die sich nur dann vertreiben lassen, wenn man ihnen einen alten Text von Jürgen von Manger aufsagt oder »Vatta, aufstehen!« ruft.

Ein Bekannter von uns wohnt in einer Zechensiedlung und arbeitet als Filialleiter bei der Sparkasse, zieht sich aber immer am Freitag nach Feierabend schon im Büro um und fährt in Bergmannshose und Unterhemd nach Hause, um seiner touristischen Verantwortung für das Ruhrgebiet gerecht zu werden. Im normalen Arbeitsleben richtet er Girokonten ein, am Wochenende spricht er zur großen Freude der schwäbischen Ausflügler Sätze wie: »Da sachich für den Kalli, wir gehen jetzt anne Bude Zaretten holen.« Sobald seine Familie eine Wohnung in der Innenstadt findet, zieht er um. Lange macht das keiner mit.

Aber vielleicht muss man ja auch einfach mal selbst die touristische Seite seiner Heimat erleben. Darum haben wir uns schon vor Jahren vorgenommen, gelegentlich geführte Touren durch das Ruhrgebiet mitzumachen. Da entwickelt man mal eine andere Perspektive. So fanden wir uns an einem sonnigen Samstag in Duisburg-Ruhrort ein, um an einer der ersten »Schimanski-Touren mit Currywurst« teilzunehmen.

Unsere Gruppe war nicht allzu ungewöhnlich: ein Ehepaar aus dem schwäbischen Böblingen, das zum ersten Mal das Ruhrgebiet bereiste, ein paar Krimifans aus den Niederlanden, zwei ältere Damen aus Thüringen, die die meisten Schimanski-*Tatorte* noch illegal im Westfernsehen geguckt hatten, und ein US-Amerikaner mit Fotoapparat, der als Passagier einer Rhein-Flusskreuzfahrt beim Landgang versehentlich in die Gruppe hineingeraten war und keine Ahnung hatte, »who the fuck this Schimmi is«, wie er mir sagte. Außerdem wir, das heißt meine Freundin und ich sowie der erwähnte befreundete Sparkassenmitarbeiter, der heute anstelle des Unterhemds mal seinen kompletten Anzug inklusive Krawatte angezogen hatte. Wenn man sonst zu Hause den Bergmann mimen muss, dann freut man sich eben, wenn man auch mal im Sakko auf die Straße darf.

So starteten wir an Horst Schimanskis Stammkneipe *Zum Anker* und begaben uns auf die Suche nach Originalfilmschauplätzen der *Tatorte*. Und das war besser als ein Trip durch Hollywood. Wen interessiert schon, wo Brad Pitt wohnt? Wir gingen durch die Straßen, in denen Schimmi schomma in den Achtzigern gegen eine Hauswand gepinkelt hat. Wir guckten uns an, wo Götz George Currywurst aß und sich auf die Nase gehauen hat. Und wir besuchten die Fürst-Bismarck-Straße, in der im ersten Schimanski-*Tatort* ein Fernseher aus der zweiten Etage auf den Gehsteig gedonnert wird, woraufhin Schimmi einen der schönsten *Tatort*-Sätze überhaupt ausruft, nämlich: »Zottel, du Idiot! Hör auf mit der Scheiße!« Das war super! Dafür lasse ich jede Villa von Leonardo DiCaprio links liegen. Das begeisterte mich persönlich mehr als alles, was Heidi Klum in den letzten dreißig Jahren gemacht hat.

Auch die anderen aus der Gruppe hatten ihren Spaß. Das schwäbische Ehepaar wurde von Station zu Station heiterer, weil die Holländer sie mit kleinen Schnäpschen versorgten, die sie offenbar in unbegrenzter Menge in ihren Wanderrucksäcken mitgebracht hatten. So konnte der schwäbische Ehemann zwischenzeitlich nur mit großer Mühe von der Reiseleitung davon abgehalten werden, in Gedenken an Horst Schimanski in den geöffneten Hausflur einer Ruhrorter Arztpraxis zu urinieren. Stattdessen ließ er sich dazu überreden, hinter einem am Straßenrand geparkten Toyota zu Ehren seines Idols in eine leere Dose König-Pils zu machen.

»Des isch für di, Schimmi!«, rief er immer wieder, während die Holländer mit ihren Handykameras der Schimanski-Tour für die Zukunft einen weiteren Originaldrehort hinzufügten. Die beiden ostdeutschen Rentnerinnen kicherten und hakten sich rechts und links bei dem Amerikaner unter, dem meine Freundin und ich aus bloßem Übermut erzählt hatten, er befinde sich auf einem originalen, aber sehr kleinen Duisburger Karnevalszug, bei dem man anstatt »Alaaf!« oder »Helau!« immer wieder gut gelaunt »Scheiße!« ins Straßenbild brüllt. Das tat er dann auch und bekam dafür jedes Mal einen kleinen Genever geschenkt, was die Frequenz seiner Ausrufe erheblich erhöhte. Der war zufrieden.

Aber am glücklichsten von allen war unser Bekannter. Erstmals konnte er selbst bei fremden Menschen durch die Fenster glotzen oder der Reiseleiterin Fragen stellen wie: »Darf ich den

Dönermann auch mal anfassen?« Wie ein echter Tourist lief er im Anzug quer durch die Straßen von Duisburg-Ruhrort und fotografierte alles, was ihm begegnete: Hunde, Abfalleimer, Rollatoren und Passanten. Alles. Und natürlich »Lünnemanns Loch«, den berühmten Platz am Ruhrorter Werfthafen, von dem aus man auf die Firma Kleinholz blickt, die mehrfach die Kulisse für Szenen in den Schimanski-Filmen war. Dort nahm unser Freund seine Spiegelreflexkamera in die Hand, richtete das Licht ein und wurde unversehens lautstark von einer Frau mit Hund angebrüllt: »Hömma, ich fass et nich. Wat soll dat denn hier sein?!? Wat bis du denn fürn Arschloch? Du Anzugheini! Macht man hier jetz Urlaubsfottos oder wat? Is dat hier der Eiffelturm? Simmer anne Chinesische Mauer? Häh?!? Wat soll dat? Is heute Brückentach inne Ballerburch? Wat wollt ihr Pissbudenluis hier? Ihr Penner steht mich im Weg! Ich komm hier mit meim Hund nich durch. Ich hau euch gleich wat auffe Fresse, wenn ihr nich abhaut. Verpisst euch hier! Verdorri! Jetzt is Abmarschmarsch für de Schaluppis! Hopphopp. Machten Abfluch! Wech, wech, wech! Sonz lass ich meinen Hund los!«

Der Hund war nicht viel größer als eine Flasche Pils, 0,33 Liter. Und auch er hatte sich bei dem Geschrei seines Frauchens erschreckt. Darum hatte er sich erst mal hinter ihrer Einkaufstüte versteckt. Von dem ging also nicht so viel Gefahr aus. Ganz anders seine Besitzerin: Die war drahtig, tätowiert und gefährlich. Und ganz offensichtlich meinte sie alles, was sie sagte, todernst. Wir standen da wie angewurzelt. Keiner sagte etwas. Aber mal ganz ehrlich, was soll man in so einer Situation auch sagen? Da entscheidet ja oft ein einziger Satz darüber, ob es zur Eskalation kommt oder nicht. Da ist Fingerspitzengefühl und Diplomatie gefragt. Und in solchen Momenten ist es immer gut, wenn man einen komplett besoffenen Schwaben in der Gruppe hat.

»EI, DES ISCH JO WIE IM SCHIMMI!«, schrie der und jubelte: »Gell, Annegret, gang emol do num, un mach emol e Fodo von dere Fraa un mir. I schtell mi grad nebe no!«

Genau das machte er. Er nahm die fremde Frau in den Arm und stellte sich selig lächelnd neben sie, während Annegret die beiden mit dem Handy fotografierte. Und es passierte ... nichts. Diese Frau war offenbar in ihrem ganzen Leben auf alle erdenklichen Arten aggressiver Reaktionen vorbereitet worden. Verbal und körperlich ging sie keinem Konflikt aus dem Weg. Aber grenzenlose schwäbische Begeisterung, damit konnte sie nicht umgehen. Völlig perplex stand sie da, während das Ehepaar pausenlos auf sie einredete: »Des isch, weil mir nämlich de Schimmi scho immer gmocht hän, desch sozusage unser Steckepferd, der gstandne Mo und alleweil sei graue Jack. Un de Thanner. Und de Hänschen. Und immer en Haufe zum Saufe. Desch oifach unser Ding, wie ma so schee sogt.«

Außerdem bekam die Duisburgerin von den Holländern eine Vielzahl kleiner Schnäpschen gereicht. Und das war ihr Ding, konnte man sagen. Die Frau taute regelrecht auf und ließ sich nicht nur fotografieren. Sie zeigte uns sogar einige echte Narben, die sie sich im rauen Duisburg-Ruhrorter Alltagsleben erwirtschaftet hatte.

»Scheiße!«, rief der Amerikaner glücklich und jubelte. Und auch das fand sie gut. Sie trank mit den älteren Damen aus Thüringen Brüderschaft, und alle gemeinsam liefen wir gemeinsam »Faust auf Faust« grölend zur Schimmi-Stammkneipe *Zum Anker* zurück, dem Ausgangspunkt der Tour. Dort gab es noch eine Currywurst für jeden, und der Amerikaner gab, so oft es ging, eine Runde auf den Duisburger Karneval aus. Und in diese gute Stimmung hinein ging nun unser Freund, der Sparkassenfilialleiter aus Oberhausen im Anzug mit Krawatte, auf die Duisburger Frau mit dem Hund zu, die jetzt mittlerweile mindestens genauso betrunken war wie ihre neuen schwäbischen Freunde. Und er nahm sich ein Herz und sagte: »Mir können Sie das ruhig sagen. Ich mache ja selber zu Hause bei uns in der Zechensiedlung den Bergmann. Also, seien wir mal ehrlich. Sie sind doch gar keine asoziale Schlägerschlampe, oder? Sie werden doch bestimmt gerade bloß ihrer touristischen Verantwortung für das Ruhrgebiet gerecht.«

Und das war ein Fehler. Denn für die Reaktion auf spontane Beleidigungen hatte die Frau durchaus ein erlerntes Verhaltensmuster parat. Sie brach unserem Freund die Nase und schlug ihm das linke Auge blau. Ganz offensichtlich lag hier eine Verwechslung vor. »Scheiße«, lallte der Amerikaner und gab noch eine Runde Bier aus.

Und während wir dann vor der Kneipe auf dem Bordstein sitzend auf den Krankenwagen warteten, kamen zwei Touristen an uns vorbei. Sie sahen unseren Freund im Anzug mit dem blauen Auge, der sich ein Taschentuch vor seine blutende Nase hielt, und auf einmal hielten sie kurz inne. Schweigend standen sie einen Moment da und überlegten. Dann jubelten sie: »EI, DES ISCH JO WIE IM SCHIMMI! Gucke mol, Waltraud, der sieht dupfegleich aus wie de Eberhard Feik als de Kommissar Thanner nach dere Kneipeschlägerei. Entschuldige Se, däds Ihne was ausmache, könnde mir eventuell e Autogramm von Ihne han?«

Und unser Freund zog wortlos seinen Sparkassenkugelschreiber aus der Sakkotasche, lächelte die Menschen mit gebrochener Nase an und unterschrieb ihnen den Stadtplan von Duisburg. So wurde hier immerhin einer an diesem Tag – wenn auch ausnahmsweise ohne Bergmannshose – seiner touristischen Verantwortung für das Ruhrgebiet gerecht.

SOMMER

Hier mal eine Hobbyidee für den Sommer, die wirklich Spaß macht. Man muss dazu zwar sehr früh aufstehen, aber es lohnt sich. Es ist ein Song, den ich regelmäßig allen Rentnern mit Humor im Publikum widme. Und was soll ich sagen? Es sind immer welche da.

RENTNERFISCHEN IM HALLENBAD

Grundsätzlich hab ich ja nix gegen Fische.
Ich fang sie halt nur so gern ein.
Darum bin ich jetzt auch schon seit gut fünfzehn Jahren
im Forellenteichangelverein.
Denn da isses zum Glück nicht so schwer
wie am Fluss oder Meer,
denn der Fisch kann nicht flieh'n.
Selbst unten am Grund
kriegt er 'nen Köder in 'n Mund,
und den schluckt er,
dann habe ich ihn.

Doch die Anzahl der Fische im Teich ist begrenzt,
und ich bin ja auch sehr häufig da.
Ich hab jede Forelle schon zehn Mal geangelt,
und mit Langweile komm ich nicht klar.

Darum hab ich 'ne neue Idee:
Ich steh morgen früh auf
und dann geh
ich

Rentnerfischen im Hallenbad.
Was mir bei den Forellen gefallen hat,
geht genauso mit Rentnern im Hallenbad.

(Es geht sogar besser, denn es gibt mehr davon. Wenn man morgens vor 7 Uhr bei uns im Ruhrgebiet in ein Schwimmbad geht, dann sind sie immer alle da: alle Rentner der Stadt. Und die sind emsig um die Zeit ...)

Frühmorgens, da bunkern sie sich ihre Bahnen,
das Becken ist voll – schon um sechs sind sie drin,
und sie schwimmen ganz langsam, weil sie ja nichts ahnen,
das Netz halt ich dann vom 1-Meter-Brett hin.

Und wenn sich darin ein Opa verfängt,
dann hol ich mein Fischernetz ein.
Die Größeren kriegen 'ne Forelle geschenkt,
und die Kleinen schmeiß ich wieder rein ...

... zum Planschen!

Rentnerfischen im Hallenbad!
Wie ein Riff halt die meisten Korallen hat,
ballen Rentner sich alle im Hallenbad.

Ich kauf keine Köder zu Edelfischpreisen
und halte sie stumpf mit der Angel ins Meer.
Nein! Ich wedle Greisen mit Silbereisen-
Autogrammen am Startblock vor der Nase umher.

Ich fisch keinen Wildlachs in schottischen Flüssen.
Ich fang keinen Wolfsbarsch mit bloßer Hand.
Nein! Ich locke Rentner mit Gratisgebissen.
Wer zubeißt, der ist schon so gut wie an Land.

Und die Bahn wird dann frei,
aber niemals für lange,
denn draußen am Ei-
ngang steht schon die Schlange

mit Badehauben
und Dauerkarten
und Gummisandalen.
Da sieht man sie warten
aufs Mumienkraulen
im chlorigen Nass,
mit Bärenticket
und Freischwimmerpass:
den Hubert, den Egon, die Ursel, die Inge,
und ich putz die Angel und bin guter Dinge,
denn ich hab das Netz schon parat in der Hand
und warte auf Nachschub am Beckenrand:
auf Erika, Heiner, Georg und Reiner,
die Population wird am Einer nie kleiner.
Ich fang bis zu fünfzig, wenn ich mich beeil.
Komplett ohne Würmer. Senioren-Petri-Heil!

Beim Rentnerfischen im Hallenbad.
Wer das herrlichste Hobby von allen hat,
der geht Rentnerfischen im Hallenbad.

Rentnerfischen im Hallenbad.
Am Strand, da hab ich die Quallen satt.
Ich geh Rentnerfischen im Hallenbad.

Und jetzt fragen Sie sich:
»Macht er das wirklich? – Und warum?«
Na, dann schauen Sie sich bei mir mal im Publikum um.

Denn die schönsten Exemplare behalt ich im Netz,
weil ich sie abends in mein Kabarettprogramm setz.
Und wenn sie laut klatschen, dann haben sie Glück.
Dann bring ich sie Montag zum Schwimmbad zurück.

MUSIK IM ZUG

Zu Wasser oder an Land, auf Rentner mit Humor kann man bauen. Ich verdanke zum Beispiel meine Lieblingsanekdote zum Thema Musik im öffentlichen Raum einer älteren Frau mit Humor. Ich war an diesem Tag im RE5 unterwegs gewesen, einem Zug, der, wenn man Glück hat, vom Niederrhein über das Ruhrgebiet bis nach Köln fährt. Im Zug befand sich ein junger Musiker, der im Abteil Gitarre spielte. Und er spielte gut. Da gab es keinen Einwand. Außer vielleicht, dass er nie aufhörte. Denn Musik kann noch so schön sein, wenn sie niemals endet, wird sie zum Problem. Da muss man Wilhelm Busch zitieren: »Es ist die Länge der Gesänge zu lang für meines Ohres Länge.« Aber dieser Musiker war nun nicht der einzige im Zug. In meiner Nähe saß noch ein zweiter Gitarrist. Der spielte aber gar nicht – ein kompletter Kontrastgitarrist zu dem ersten. Er hatte seine beiden Gitarren in Koffern vor sich stehen und wartete tonlos auf seinen Zielbahnhof. An dieser Stelle kam die ältere Frau ins Spiel. Sie ging durch den Mittelgang des Zuges, nahm einen Zehneuroschein in die Hand und gab das Geld dem jungen Mann mit den eingepackten Gitarren. Der sah sie überrascht an und erklärte wahrheitsgemäß: »Ich hab aber gar nicht gespielt.« Darauf antwortete die Oma laut und für alle im Abteil gut verständlich: »Das hat mir aber besser gefallen.«

Manchmal wird man von Altersweisheit völlig unverhofft erwischt. So auch an einem sonnigen Tag im Juli, als ich an einer Tankstelle am Niederrhein etwas dazulernen konnte:

42 – 32 – 45 AN DER 7

»Tankdiebstahl – der neue deutsche Volkssport?«, lese ich beim Betreten der Tankstelle auf einer Zeitung. Ich gehe trotzdem bezahlen. Ich habe ja auch schon bei den letzten dreißig »neuen deutschen Volkssportarten« nicht mitgemacht. Wenn ich zum Beispiel eine Schlagzeile lese wie »Meditation ist das neue Joggen«, dann muss ich meine Turnschuhe nicht gegen eine asiatische Schurwollsitzmatte eintauschen, weil ich auch schon bei »Joggen ist das neue Sudoku« und »Kniffeln ist das neue Wandern« nicht beteiligt war. Das macht vieles einfacher. Insofern habe ich mir heute wie immer pflichtbewusst die Nummer der Zapfsäule gemerkt und gehe zur Tankstellenkasse einer kleinen Tankstelle auf dem Land am Niederrhein. Hinter der Kasse steht eine Omma.

»Einmal die 7, bitte«, sage ich.

Die Omma sieht mich an und kichert. Sie macht aber nix. Hmm. Vielleicht bin ich der Erste, der hier heute überhaupt bezahlen will. Oder sie hat mich falsch verstanden. Jedenfalls ist sie tankstellenuntypisch heiter.

»Einmal die 7, bitte«, wiederhole ich mein Anliegen.

Die Omma platzt beinahe vor Kichern. »Ja, ich weiß!«, ruft sie laut aus und klopft prustend mit dem EC-Karten-Lesegerät auf die Tankstellentheke. Eine BiFi-Roll fällt aus dem »Heute-im-Angebot«-Aufsteller. Sie rollt unter die Theke. Nomen est omen. Im selben Moment betritt ein passgenau auf die Omma abgestimmter Oppa die Tankstelle. »Er möchte ›Einmal die 7, bitte‹!«, ruft die Omma ihm begeistert zu. Der Oppa grinst: »Wie viel muss er denn bezahlen?«

»32,45!«, bringt die Omma unter anhaltender Heiterkeit hervor. Und betont: »An der 7.«

»Das is ja lustig!«, schreit der Oppa und stimmt in das Gelächter mit ein. Weitere BiFi-Rolls kullern die Theke runter. Ich, über den offenbar nur noch in der dritten Person Singular parliert wird, stehe weiterhin unbeteiligt daneben und denke noch mal ganz intensiv über Tankdiebstahl nach. Nach einer gefühlten Viertelstunde wird es etwas ruhiger. Ich nutze die Gelegenheit:

»Sie haben aber gute Laune für Ihr Alter.«

»Ja«, sagt die Omma. »Und Sie nicht.«

»Wie alt sind Sie denn eigentlich?«, fragt der Oppa.

»42«, antworte ich.

»Perfekt! Bei Ihnen passt ja alles zusammen«, rufen beide wie aus einem Munde. »42. Und dann auch noch 32,45 an der 7! Das ist ja herrlich. Sie müssen wissen, diese Kombination gibt es sehr, sehr selten.«

»Ach«, sage ich. Ich komme mir vor wie die Blaue Mauritius.

»Ja. Ausgesprochen selten«, sagt der Oppa. »Sie müssen das verstehen. Sehen Sie mal, für meine Frau und mich haben Zahlen eine gewisse Bedeutung. Wir sind ja jetzt seit sehr langer Zeit verheiratet ...«

»Glückwunsch«, sage ich.

»Danke«, sagt der Oppa. »Und da kriegt man sich auch öfter schon mal in die Haare – wie das eben bei einer Ehe so ist, nich? –, und man wirft sich immer wieder das gleiche Zeugs an den Kopf. Und alles wiederholt sich und wiederholt sich. Darum haben meine Frau und ich schon vor Jahren angefangen, alle Schimpfwörter, Beleidigungen und inhaltlichen Themen unserer Konflikte zu nummerieren.«

Die Omma fällt ihm ins Wort: »Genau. Und wenn ich meinem Mann jetzt sagen will, was für ein fauler Hornochse er ist, weil ich schon zum zwanzigsten Mal die Außentoilette alleine sauber machen musste, dann kürze ich das einfach ab und schreie: ›27 – 18!!!‹ Und dann schlag ich mit Karacho die Tür zu. Das habe ich früher auch immer so gemacht.«

»Und wenn ich meiner Frau mal sagen will, dass es mir total am Arsch vorbeigeht ...«

Die Omma kichert schon wieder, offenbar wissend, was jetzt kommt. »... also, dass es mir total am Arsch vorbeigeht, ob ihre vollkommen schwachsinnige Schwester findet, dass ich eine alte Wildsau ohne Tischmanieren bin, oder nicht, dann sage ich einfach ›43 – 2 – 11 – 12 – 56‹ und setze mich direkt mit 'ner Flasche Bier auf die Couch und gucke *SOKO 5113*.«

»Und was heißt das?«, frage ich.

»Das ist eine Krimisendung«, sagt die Omma. »Im ZDF.«

»Das weiß ich. Aber was würde 51 – 13 bedeuten?«

»Am Arsch, du Knoisel!«, sagt die Omma.

»Knoisel?!?«, frage ich.

»Ja. Ein paar der Schimpfwörter sind selbst erfunden. Wissen Sie, man hat hier in der Tankstelle den ganzen Tag über sehr, sehr viel Zeit.«

»Das is mir auch schon aufgefallen«, sage ich.

»Genau. Und Herr Knoisel, das ist so ein schleimiger Mann vom Amt, der hier manchmal vorbeikommt. Und mein Mann und ich, wir fanden beide schon immer, dass der als Schimpfwort besser taugt als als Mensch und die 13 sein sollte. Und 51, das ist ›am Arsch‹, also folgerichtig: ›51 – 13‹ gleich ›Am Arsch, du Knoisel!‹. Ist ja logisch.«

»Logisch«, wiederhole ich. Und ich muss ehrlich zugeben, dass mir das auch mittlerweile ziemlich logisch vorkommt. Jedenfalls ist es in sich stimmig. Und mehr kann man auf dieser Welt an Logik ja ohnehin nicht erwarten. Zudem wirken die beiden hier ziemlich entspannt. Und sie sind offenbar schon seit über vierzig Jahren verheiratet und können immer noch lachen. Zusammen. Das muss man auch erst mal schaffen. Vielleicht haben ja diese beiden alten Leute tatsächlich durch Zufall als Erste ein funktionierendes Konzept zur menschlichen Konfliktbewältigung gefunden? Das wär' ja mal was. Ich meine, es gibt weltweit genug Konflikte zu beobachten, deren Abläufe immer wieder identisch sind. Und mir persönlich käme es tatsächlich sinnvoller vor, dem Gegner einfach mal vier bis fünf Zahlen rüberzubrüllen und danach *SOKO Am Arsch, du Knoisel* zu gucken, als über Jahre hinweg Milliarden von Euro für Waffen auszugeben und sich gegenseitig umzubringen. Dafür könnte man ja auch mal 'ne Nummer festlegen. Die ruft man dann laut rüber und lässt sich am Leben. Klar. Wird nicht passieren, aber schön wär's schon. Was an einer Tankstelle am Niederrhein funktioniert, muss ja für Ölregionen nicht schlecht sein.

»Und was heißt jetzt ›32 – 45 an der 7‹?«, frage ich neugierig.

Die beiden Alten gucken sich an. »Das ist ein bisschen privat«, druckst die Omma herum.

Der Oppa nickt. »Das ist jetzt nicht so leicht zu erklären. Da müsste man ... wie soll ich sagen ... hmmm ... also ...«

In diesem Moment betritt ein Mann im grauen Anzug die Tankstelle.

»13-Alarm!«, ruft der Oppa erleichtert. Der Mann klackert überheblich mit seinem Mercedes-Schlüssel und geht zur Kasse.

»Ach, guten Tag, Herr Knoisel!«, sagt die Omma. »Sind Sie 52 heute wieder im Dienste des geschätzten 72 – 55 Gesundheitsamtes hier, oder beehren Sie uns mit Ihrer Herrlichkeit 28 – 35 privat?«

Der Oppa gluckst.

Herr Knoisel ist Anfang 50, circa 1,80 Meter groß und wirkt, als wäre das Füllhorn der Ironie weit, weit entfernt von ihm ausgekippt worden. Stattdessen hat er einen Mecki-Schnitt bekommen. Ein schlechtes Geschäft.

»Nein. Rein privat heute hier, Frau Zeltner.« Jedes seiner Worte klingt nach einer positiven Erinnerung an seine Bundeswehrzeit. »Ihre Außentoiletten gucken wir uns dann beim nächsten Mal wieder an. Heute habe ich einfach nur getankt. Einmal die 5, bitte.«

Der Oppa schreit vor Lachen.

Die Omma jedoch ist die Ruhe selbst. »Das macht dann genau 50 Euro. Da haben Sie mal wieder perfekt auf den Punkt getankt, Sie 22 – 85.« Herr Knoisel gibt den Fünfzigeuroschein stolz ab.

»Natürlich, Frau Zeltner«, meldet er. »Dafür muss man ein Händchen haben. Die Quittung, bitte.«

Die Omma druckt sie ihm aus. Knoisel dreht sich zur Seite zu mir herüber und sagt: »An sich keine so dumme Frau, die Alte. Aber sie hat dieses schreckliche Tourette-Syndrom. Ihr Mann auch. Tja. Die debile Landbevölkerung. Wahrscheinlich sind die beiden Geschwister ... Hahaha.« Er lacht sehr unsympathisch.

Ich denke: »Am Arsch, du Knoisel!«

Dann sage ich laut: »51 – 13!«

Die Omma lacht Herrn Knoisel an und gibt ihm die Quittung. »51 – 13!«, sagt sie. »Und einen schönen Tag noch!«

»Alle nicht ganz dicht hier«, murmelt Knoisel, während er die Tankstelle verlässt.

»51 – 13!«, brüllt ihm der Oppa fröhlich hinterher.

Die Omma sieht mich an und sagt: »Sie verstehen also ...«

Ich verstehe.

Ich zahle meine 32,45, verabschiede mich höflich und gehe zurück zu meinem Auto an die 7. Und was auch immer das heißen mag, ich drücke vorm Losfahren meine beiden Daumen, dass diese beiden älteren Leute das Geheimnis noch für eine sehr, sehr lange Zeit gemeinsam für sich behalten können.

Und eins noch, liebe Benzindiebe! Ihr Knoisel macht euch überhaupt nicht bewusst, was man beim Tankdiebstahl alles verpasst! 512 – 87 – 219. Mehr habe ich dazu nicht zu sagen. Bis die Tage!

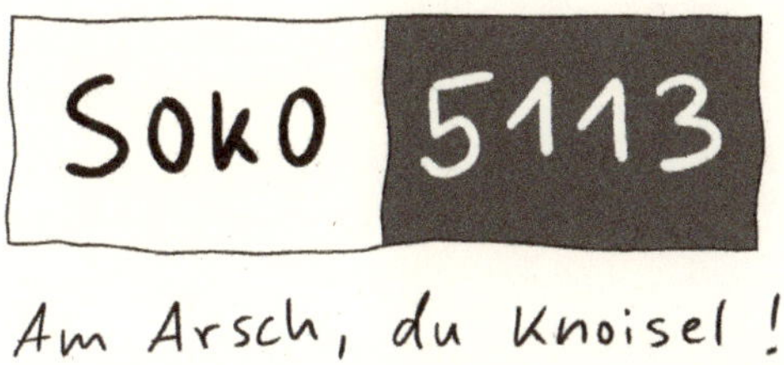

FLURWOCHE

Ein fragwürdiges Hobby mancher Mitmenschen ist es ja, anderen das Leben durch kompliziert definierte Treppenhausreinigungsregeln schwer zu machen. Es gibt Mietverträge, die brockhauslange Zusatzkapitel beinhalten zu Themen wie »Welche Fensterrahmen im Flur werden mit der Zahnbürste gestriegelt?« oder »Treppenstufennassreinigung nach DHL-Paketbotenbesuch bei Schneewetterlage«. Hier sollte man sich nicht verrückt machen lassen, sondern eigene kreative Ideen einbringen.

Vor einigen Jahren waren wir beispielsweise als Mieter in ein Haus gezogen, das schon bei der ersten Wohnungsbesichtigung im Treppenhaus nach Rechtsstreit roch. Das gibt es ja manchmal. Da ist dann der herzlichste Umgang, den die Nachbarn untereinander pflegen, wenn mal einer dem anderen den Brief vom Anwalt persönlich vorbeibringt. Kurz gesagt, wir hätten es besser wissen müssen. Aber wir fanden die Wohnung schön, und darum unterschrieben wir den Mietvertrag. Doch schon am Tag des Einzugs überreichte uns Frau Jensen, die Nachbarin aus der Wohnung über uns, die *Hausordnung*, eine Art Flurgesetzbuch mit allen Putzregeln, die wir in Zukunft einzuhalten hätten, inklusive dem Hinweis, dass man sich beim Treppeputzen keinesfalls in eine Jogginghose zu kleiden habe, denn ihre Verwandtschaft käme oft spontan zu Besuch, und Sportbekleidung im Flur könnte das Treppenhaus herabwürdigen. Außerdem wäre die Flurreinigung leise und ohne

Musik durchzuführen. Unsere Vormieterin hätte beim Putzen gelegentlich gesummt. Daher hätte sie mehrfach die Polizei rufen müssen.

Wir bedankten uns herzlich für die Informationen und schlossen die Tür von innen zweimal ab. »Tickt die noch sauber?«, fragte meine Freundin.

»Ich glaube, sauber ist genau das Problem«, antwortete ich und verbrachte die nächsten vier Stunden damit, alle Regeln des Flurputzmanifestes zu verinnerlichen. Denn diese Herausforderung wollte ich annehmen. Hier galt es, einen sportlichen Wettkampf zu gewinnen, der wie geschaffen war für einen Kleinkünstler mit viel Tagesfreizeit.

Schon am nächsten Tag putzte ich erstmals den Flur. Dazu trug ich einen schwarzen Smoking, den ich mal aus einem Theaterfundus erstanden hatte. Ich sah aus wie die Bestattungsunternehmer im Lucky-Luke-Heft. Als die Nachbarin vom Einkaufen nach Hause kam, erschreckte sie sich fast zu Tode. Ich entschuldigte mich für mein nachlässiges Auftreten und versicherte ihr, dass der Zylinder erst in der nächsten Woche aus der Hutreinigung zurück sei. Sie antwortete mit einem verärgerten Zischton, und ich fragte sie, ob sie da gerade gesummt habe.

Habe sie nicht, sagte sie bestimmt. Wäre mir aber so vorgekommen, sagte ich, doch ich vertiefte das Thema nicht weiter, sondern zeigte ihr stattdessen alle fabrikneuen Reinigungspinsel, die ich für den Flur angeschafft hatte, und fragte, ob die Fabrikate den Anforderungen entsprächen. Dann schenkte ich ihr einen mittleren Haarpinsel, den sie, das fügte ich hinzu, ja auch mal für die Rahmeninnenseite der Fenster benutzen könne, denn da wäre es ganz schön staubig gewesen. Ich verabschiedete mich mit einem angedeuteten Zylindergruß und hörte nur noch, wie die Tür der Nachbarin von innen zweimal abgeschlossen wurde.

Am nächsten Morgen um 5 Uhr früh putzte ich das Treppenhaus erneut. Mit einer Leiter bewaffnet begann ich, alle Rauchmelder im Flur einzeln zu polieren. Danach wischte ich mit dem Mikrofasertuch gründlich über die Türklingel der Nachbarin, die putzmunter zu bimmeln begann. Aber anders wird's ja auch nicht sauber. Verschlafen öffnete Frau Jensen die Tür.

»Guten Morgen«, flötete ich. »Es ist ja wirklich kaum zu glauben, was sich in so einer kurzen Zeit an Schmutz ansammeln kann. Nicht zu fassen! Alles voller Fingerabdrücke. Machen Sie das nie mit dem Putzstein weg? Ich bringe Ihnen gleich mal 'ne Dose hoch, aber erst sauge ich noch die Fußmatten und mache mit der Politur die Holzoberflächen.« Von drinnen zischte was. »Wer summt, kriegt keinen Putzstein«, rief ich fröhlich. Dann ging ich zurück in unsere Wohnung, zog den Smoking aus und legte mich in Jogginghose vor die Glotze, um dort beim Frühstücksfernsehen kalte Pizzareste zu verspeisen. Der perfekte Ausgleich. Das war der Dienstag unserer Flurwoche.

Am Mittwoch putzte ich morgens um 4:30 Uhr die Flurfenster mit einem Kärcher-WV5-Premium-Non-Stop-Fenstersauger. Am Donnerstag spülte ich die Briefkästen mit Meister Proper aus, und am Freitag hatten wir schon den ersten Brief von einer Anwaltskanzlei im Kasten. Doch darauf war ich vorbereitet. Denn ich hatte einen bislang unentdeckten Mangel in der Hausordnung festgestellt. Das Regelwerk verbot im Flur zwar im Grunde fast alles: Summen, Essen, Rollschuhlaufen, Kinder, Haustiere, Sportbekleidung, Rauchen und Gesellschaftsspiele, aber nicht: Putzen. Putzen durfte man immer, egal mit welchen Hilfsmitteln und zu welcher Tageszeit. Zwar war exakt festgelegt worden, wie oft man im Monat *mindestens* den Flur zu reinigen habe, aber an eine Obergrenze hatte nie einer gedacht. Man durfte dabei nur keine Jogginghose tragen. Außerdem war auch das Treppensteigen in Galakleidung nicht reglementiert worden, was mich auf eine zweite Idee brachte, denn am kommenden Montag begann die Flurwoche der Nachbarin.

Um circa 9:30 Uhr fing sie an, in Schürze und mit einem Schrubber in den Händen mürrisch ihre Wohnungstür zu wischen. Zu diesem Zeitpunkt hatten wir uns schon mit einer gut gelaunten Gruppe von etwa fünfundzwanzig Menschen im Flur eingefunden. Ein paar hatten sich dafür extra freigenommen. So war die munterste Mischung zusammengekommen, die man sich am frühen Morgen vorstellen konnte, gekleidet in feinsten Zwirn und bereit, die nächsten zwölf Stunden bei uns die Treppen rauf- und runterzulaufen.

Nur die Nachbarin teilte unsere gute Stimmung nicht. »Wat soll'n dat nu wieder werden?«, meckerte sie uns schon beim ersten Aufstieg entgegen.

»Das, meine liebe Frau Jensen«, antwortete ich stolz, »ist ›Literatur im Flur‹, der erste Benefiztreppenlauf mit Reclam-Heft.«

»Reklame is im Flur verboten!«, triumphierte Frau Jensen.

»Nee, Reclam«, erklärte ich, »der Verlag. Der Reclam-Verlag hat uns kostenfrei Literaturklassiker zur Verfügung gestellt, die wir heute hier im Treppenhaus verlesen werden. Pro Treppenhausdurchquerung gibt's einen Euro für den guten Zweck. Das ist nämlich erlaubt. Hier, gucken Sie mal.«

Ich reichte ihr die kiloschwere Hausordnung. »Machen Sie doch auch mit. Sie müssten sich bloß ein bisschen eleganter kleiden. Ich bin mir nicht ganz sicher, ob Sie mit der Schürze da eine Flurzulassung bekommen.«

»Ich geb dir gleich 'ne Zulassung mit dem Schrubber!«, war die wenig literarische Antwort.

»Da werden Weiber zu Hyänen und treiben mit Entsetzen Scherz«, schillerte ich sanft zurück und wich dem nassen Wischmopp aus. Von unten hörte ich meinen Bruder Goethe rezitieren:

»Was auch als Wahrheit oder Fabel
in tausend Büchern dir erscheint,
das alles ist ein Turm zu Babel,
wenn es die Liebe nicht vereint.«

»Du kannst dir deine Bücher in den Arsch schieben, du Klugscheißer!«, brüllte die Nachbarin die Treppe runter. Aus den anderen Wohnungen des Hauses kamen mehr und mehr Gesichter hervor. Für fremde Männer mit Anzügen und Reclam-Heften reichte hier der Türspion. Aber cholerische Wutausbrüche aus den eigenen Reihen, das wollte man als echtes Liveerlebnis.

»Hildegard!«, hörte man eine entsetzte Stimme aus dem Erdgeschoss. »Hildegard, was schreist du denn da für Kloakenwörter?«

Da kamen wohl die Verwandten spontan zu Besuch.

»Keine Sorge«, sprang ich der Nachbarin bei, »das ist nur ›Literatur im Flur‹. – Frau Jensen spricht gerade Elfriede Jelinek.«

»Ach so«, rief es von unten. Dann stapften die Verwandten die Treppe rauf, gefolgt von zehn Smokingträgern, die Heinrich von Kleist mit verteilten Rollen verlasen.

»Steigen Sie doch auch mit ein«, schlug ich vor, »hier. Da haben Sie was Mittelhochdeutsches. Das gibt sogar einen Euro pro Etage für den guten Zweck. Einfach hier lang, bis nach oben und dann wieder runter.«

»Aber ich wisch hier gerade!«, beschwerte sich Frau Jensen.

»Das meiste auf der Welt geht nicht durch Gebrauch kaputt, sondern durch Putzen«, kommentierte meine Freundin, die gerade zum dritten Mal im Abendkleid an uns vorbeilief.

»Erich Kästner«, ergänzte ich. »Der hatte auch nie eine Jogginghose an.«

»Vor dem walde in einem tal, tandaradei, schône sanc diu nahtegal«, sprachen die Verwandten der Nachbarin und liefen mit ihren dreckigen Straßenschuhen die frisch geputzte Treppe hoch.

Das war zu viel für Frau Jensen. Wortlos stellte sie den Schrubber zur Seite und ging in ihre Wohnung. Nach circa fünfzehn Minuten kam sie wieder zurück. Offensichtlich hatte sie sich umgezogen. Sie trug einen glänzenden, zweiteiligen, lila-grünen, ballonseidenen Jogginganzug. Außerdem hatte sie einen großen Teller mit Mettbrötchen dabei sowie einen Klappstuhl. Und ... sie summte. Sie summte mettbrötchenessend einen Song von Harry Belafonte: »Hmmmmm-hmm, Hmm-mmm-mmm. Hmm-hmm hmm-hmm hmm-hmmmm hmm-hmm hmm!«

Das war ein derart verwunderliches Schauspiel, dass auf die Sekunde alle Reclam-Lesungen im Treppenhaus eingestellt wurden. Alles blickte nur noch auf die Nachbarin im Jogginganzug, die da auf dem Klappstuhl saß und mampfte und summte.

»Hildegard, was machst du da?«, fragte ihre Schwester.

»Ich summe«, antwortete Hildegard mit vollem Mund, »den Banana-Boat-Song.«

»Ja, aber warum denn?«, schaltete ich mich selber irritiert in das Gespräch ein: »Summen ist doch im Flur verboten. Haben Sie selber gesagt. Und Essen und Jogginghosen im Übrigen auch.«

»Dann holen Sie doch die Bullen, Sie Spacko«, brachte Frau Jensen kauend hervor. »Da können Sie auch direkt petzen, dass ich nicht geputzt hab.«

»Ja, aber die Hausordnung«, begann ich spontan und kam mir dabei ausgesprochen dämlich vor.

»Es bringt die Zeit ein anderes Gesetz«, sagte Frau Jensen. »Friedrich Schiller, Wilhelm Tell, 4. Akt, 2. Szene.«

Dann zündete sie sich eine Zigarre an, biss zufrieden in ein Mettbrötchen und summte noch was von Harry Belafonte.

Diesen sportlichen Wettkampf hatte ich eindeutig verloren. Nicht nur hatte ich vor meinem gesamten Freundeskreis das peinliche Wort »Hausordnung« ausgesprochen. Auch musste ich miterleben, wie selbst ehemalige Punkrocker der Nachbarin Respekt zollten und Harry Belafonte mitsummten. Immerhin ließ sich Frau Jensen darauf ein, dass die von den anderen Nachbarn herbeitelefonierte Polizei mich per Strafanzeige zum Verantwortlichen für die Ruhestörung machte, womit ich wieder ein kleines bisschen rehabilitiert war. Aber hier im Flur waren seit diesem Tag die Verhältnisse für immer neu sortiert. Das erkannte ich spätestens, als ich in der nächsten Woche schrubbend mit dem Wischmopp im Flur stand, während die Nachbarin fröhlich summend an mir vorbeiging, mit angedeutetem Zylinder grüßte und ich mir schulterzuckend eingestehen musste: »Da steh ich nun, ich armer Tor! Und bin so klug als wie zuvor.«

Moderne Reisemusik für den Sommer ist anders als der Urlaubssound des letzten Jahrhunderts. Denn seit der Berichterstattung über die Paradise- beziehungsweise Panama-Papers wissen wir, dass sich das Reisen in den letzten Jahren grundlegend geändert hat. Wo die Menschen früher noch selbst in den Urlaub gefahren sind, schicken sie heute ihr Geld mit dem Flugzeug in die Südsee. Darum müssen sich auch Reisesongs ändern. »I'm going to Ibiza« gibt's nicht mehr. Das heißt heute »My money went to Montserrat«. Darum hier mal ein Geldreiselied zum sommerlichen Summen im Flur. Ein wenig wie »Junge, komm bald wieder« – bloß in Euro …

ICH HAB MEIN GELD SEIT JAHREN NICHT MEHR GESEHEN

Ich hab mein Geld seit Jahren nicht mehr gesehen.
Ich frag mich:
  Wird's mich noch erkennen, wird es einmal vor mir stehen?
Es war ja noch so jung
  und musste trotzdem schon auf Weltreise gehen.
Ich hab mein Geld seit Jahren nicht mehr gesehen.

Wenn dich dein Sohn verlässt,
  dann weißt du: Jetzt isser halt weg.
Er kriegt ein Snickers und 'ne Cola
  und den Fahrschein ins Gepäck.
Damit kommt er schon klar – das is ja dein Sohn,
  der hält ja was aus.
Aber Geld, das ist was anderes, das behält man lieber zu Haus

in seinem Bett, wo es warm bleibt und nicht friert.
Bloß wenn dann wieder so ein Geier vom Finanzamt
  danach giert,
dann muss es schnellstens am nächsten Tag fort,
und weinend bringst du's dann zum Hafen
  und darfst selbst nicht mit an Bord.

Meine Firma sitzt in Wesel – und in Vanuatu.
Keine Ahnung, wo das liegt – jedenfalls nicht in der EU;
ist auch egal – Hauptsache, mein Geld weiß, wo das liegt,
weil's von da aus zu 'ner Tochterfirma nach Panama fliegt

und dann von Hongkong auf die Seychellen und in die Schweiz,
das wirkt jetzt erst mal wie ein Umweg,
hat aber 'nen finanziellen Reiz,
denn meine Steuern zahl ich so in Wesel nich,
und mein Geld hat von der Welt schon deutlich mehr gesehen
als ich.

Aber wie der Mensch halt so ist:
Es dreht sich alles nur noch um Profit,
und dann schreibt irgend so 'ne Drecksau deine Kontodaten mit
und verscherbelt sie an den Staat auf 'ner Steuer-CD,
und jetzt ist es fraglich,
ob ich mein Geld überhaupt je wiederseh,

denn der Fluchtversuch ging schief, und ich wurde gefasst,
drum sitzt mein Geld in der Karibik –
und ich in Wesel im Knast.
Aber egal, wie viel Jahre ich krich,
eins beruhigt mich:
Mein Geld wird's einmal besser haben als ich.

Ich hab mein Geld seit Jahren nicht mehr gesehen.
Ich frag mich: Wird's mich noch erkennen,
wird es einmal vor mir stehen?
Es war ja noch so jung
und musste trotzdem schon auf Weltreise gehen.
Ich hab mein Geld seit Jahren nicht mehr gesehen.
Ich hab mein Geld seit Jahren nicht mehr gesehen.

Apropos Geld …

GENAU DIE RICHTIGE GRÖSSE

Es hatte alles mit dieser Ausschreibung begonnen, die ich im Internet entdeckt hatte, wo man normalerweise Hinweise auf Kleinkunstwettbewerbe findet: »Wir suchen einen komödiantischen Darsteller. Größe 1,60 Meter bis 1,70 Meter. Sympathisches Auftreten und gutes Nervenkostüm vorausgesetzt. Gage: 5.000 Euro monatlich.«

Ich wunderte mich ein bisschen über den Hinweis auf das Nervenkostüm, blieb dann aber auch schnell wieder bei der Gage hängen. Außerdem fand ich es offen gestanden ein bisschen schmeichelhaft, dass ich hier mal genau die richtige Größe für etwas zu haben schien. Wann passierte das schon mal? Normalerweise war ich immer zu klein. Meine Bewerbung als Darsteller bei den Karl-May-Festspielen in Bad Segeberg war mit dem Hinweis abgeschmettert worden, dass es im Wilden Westen keine Indianer mit Fußbänkchen gegeben habe. Mein Vorschlag, eine Trittleiter mit bunten Federn zu schmücken und hinter das Pferd zu stellen, wurde mit bloßem Kopfschütteln quittiert. Ich hingegen war nicht bereit, als Rothaut mit dem Namen »Der auf dem Schwein reitet« für, wie es formuliert wurde, humoristische Farbtupfer beim Festival zu sorgen.

Ich rief: »Ihr habt doch alle einen ...« »Hugh!«, antworteten die Macher des Winnetou-Festspiels, und mein Vorstellungsgespräch war beendet.

Das würde mir zumindest dieses Mal nicht passieren, da war ich mir sicher. Ich bin genau 1,68 Meter groß. Dieser Job war wie für mich gemacht. Telefonisch vereinbarte ich einen Termin und fuhr zu der genannten Adresse in einem Vorort von Köln. Dort angekommen fand ich mich vor einer Villa von palastartiger Größe wieder. Ich schellte am Tor und guckte in die Kamera. Aus der Sprechanlage hörte ich eine schnöselige Stimme:

»Bitte? Was wollen Sie?«

»Ja, hallo. Ich bin hier wegen der Ausschreibung, ähm, sympathisches Auftreten und so ... äh ... alles das ...«

»Sind Sie dafür nicht etwas zu groß?«

Ha!

»Nee, nee«, sagte ich. »Genau 1,68 Meter und keinen Zentimeter mehr.«

»Sie wirken aber zu groß.«

»Das sagt man mir oft. Das sind die Schuhe. Die haben so hohe Sohlen.«

»Na ja, vielleicht macht das bei Ihnen auch optisch so ein bisschen die Breite ...«, sagte die Stimme. »Aber das wäre wahrscheinlich kein Problem.«

Wie? Die Breite? Unverschämtheit. »Na, Sie sind aber auch keine Gazelle«, schlug ich zurück.

»Können Sie mich etwa sehen?«

»Ja-ha«, log ich und hielt mein Handy vor die Sprechanlage. »Schellemännchen-App. Da gucken Sie, was? Ich kann alles ganz genau erkennen.«

»Aha. Und was mache ich jetzt gerade?«

»Ähh ... ähh ... Oh, dumm, da is gerade jetzt der Akku ausgefallen.«

Die Schnöselstimme kicherte. »Hihihi. Sie sind ja richtig blöd. Aber irgendwie auch putzig. Vielleicht geht das doch mit Ihnen. Ich mache mal das Tor auf. Treten Sie ein.«

So wirklich geschmeichelt fühlte ich mich nicht. Aber ich machte mich auf den Weg durch den Palastgarten bis zur Villa. Als ich die Brücke über den Gartenteich erklomm, kläffte mich ein kleiner, plüschiger Fiffi-Hund an, den man offenbar angeschafft hatte, um Einbrecher bei ihrer Arbeit zu belustigen. Ich streckte ihm die Zunge raus und ging weiter.

»Warum strecken Sie meinem Hund die Zunge raus?«, empfing mich eine schnöselige Stimme an der Palasttür, die offenbar zu einem etwa 1,90 Meter großen muskulösen Mann gehörte, der ein iPad und einen überdimensionierten Koalakopf aus Stoff in der Hand hielt. »Der Hund hat angefangen«, antwortete ich patzig. »Wie haben Sie das denn mitgekriegt?«

Der Mann zeigte mir das iPad. »Smart Home. Hier sind überall Kameras. Meinen Sie, ich lasse so ein Anwesen unbeaufsichtigt?«

»Ist der nicht 'n bisschen zu niedlich für einen Wachhund?«, fragte ich.

Erneut kicherte der Mann. »Nein. Dieser Hund macht mich nur darauf aufmerksam, welche von den Kameras ich gerade einschalten muss. Perfekt, oder? Die optimale Kombination aus Technik und Natur, quasi Smart Fauna.«

»Jaja«, sagte ich begeistert. »Und warum bin ich hier? Soll ich noch kleine Kameras an die Blumen binden wegen Smart Flora, oder was? Oder ist dem Hund langweilig, und ich soll die Alarmanlage testen?«

Der Mann schmunzelte. »Nichts davon. Sie sollen, ähnlich wie der Hund bei den Kameras, die Aufmerksamkeit der Menschen auf meine Familie lenken. Sehen Sie mal, wir sind ja sehr wohlhabend ...«

»Das is mir auch schon aufgefallen«, sagte ich.

»Nein, nein, Sie verstehen das nicht ganz«, sagte der Mann. »Wir sind nicht einfach nur reich. Uns gehört hier fast alles. Die Kohler-Werke. Kennen Sie uns nicht?«

»Nee«, musste ich zugeben, »nie gehört.«

»Und genau das ist das Problem. Im Fernsehen zeigt man

dauernd irgendwelche Hobbyköche, Rennfahrer oder Tänzer. Und wir Kohlers schaffen es nicht mal mehr in den Wirtschaftsteil der FAZ. Viele reiche Familien kaufen sich mittlerweile schon Sportvereine, um überhaupt noch wahrgenommen zu werden. Das machen die bloß, weil sie sonst im stillen Kämmerlein auf ihren Milliarden unbekannt versauern würden. Aber wir Kohlers wollen keinen popeligen Hoffenheimer Turnverein. Das kann ja jeder.«

»Was wollen Sie denn?«, fragte ich genervt.

»Wir wollen ein Maskottchen! Das ist doch viel besser. Und günstiger. Und, seien wir mal ehrlich, das macht auch mehr Spaß. Wir wollen ein eigenes Familienmaskottchen, das uns anfeuert, motiviert und in der Öffentlichkeit lustig präsentiert. Den Kohler-Koala.«

»Den Kohler-Koala«, wiederholte ich. »Und den soll ich jetzt ... oder was ...?«

»Genau«, rief der Mann begeistert. »Hier. Setzen Sie mal den Kopf auf.«

Und schon hatte ich das Ding auf. Passte wie angegossen.

»Und jetzt ziehen Sie dieses Kostüm hier an«, befahl Herr Kohler und stopfte mich in einen hellgrauen Fellanzug, der eine gelb-blaue Badehose trug. Das lief hier alles ganz anders, als ich gehofft hatte. Aber der reiche Mann war entzückt. »Perfekt!«, rief er. »Heidelind, Kinder! Kommt runter! Wir haben einen neuen Koko!«

»Was ist denn mit dem alten Koko?«, fragte ich dumpf durch die Tiermaske.

»Den haben die verdammten Nachbarn abgeworben«, blaffte Herr Kohler. »Der macht jetzt bei denen den Flingo.«

»Flingo?«

»Flingo, der Flamingo. Der Fluhrmann-Flamingo. Kennen Sie nicht die Fluhrmann-Fabriken?«

»Nee, keine Ahnung.«

»Können Sie wenigstens Fahrrad fahren?«

»Häh?«

»Koko der Koala fährt auf einem Klapprad hinter uns her und feuert uns durch ein Megafon an.«

»Wie jetzt?«

»Na zum Beispiel so: ›Jetzt gibt's 'ne La Ola für Familie Kohler‹ oder ›Olé olé olé olé. Hier kommen die Kohlers – olé olé!‹ Wenn Sie wollen, können Sie auch eigene Ideen einbringen.«

In diesem Moment kam eine Frau mit zwei Kindern auf die Terrasse gelaufen. Eines der Kinder boxte mir sofort ohne jede Vorankündigung mit voller Wucht in den Koalabauch. Ich sackte zusammen. »Ich will den alten Koko. Der hier is voll arm!«, maulte das Kind.

Ich japste: »Wer sagt eigentlich, dass ich überhaupt euer bekloppter Koko sein will? Vielleicht hab ich ja gar kein Interesse an dem Job.«

Herr Kohler tippte was auf sein iPad und hielt mir das Display hin. Ich las: »10.000 Euro im Monat, Vorkasse plus Spesen, Fellreinigung inklusive.«

Wie schwach und käuflich ist der Mensch.

»Das sind die Kohlers – schalalalalalala!«, sang ich und shakte meinen Koalapopo. Das kam bei den Kindern gut an. Der Junge und das Mädchen sangen mit und hörten auf, mich zu boxen. Stattdessen tanzten wir zu dritt über die Gartenteichbrücke. Alle mochten mich. Einzig der kleine, weiße Fiffi-Hund bellte missgünstig hinter mir her. Aber der war wahrscheinlich nur neidisch. Die 10.000 Euro bekam ich noch am Abend in bar, und so fuhr ich mit einem neuen Arbeitsplatz im Gepäck nach Hause.

»Koko, der Kohler-Koala?«, fragte meine Freundin mich entgeistert. »So wie der Affe von Kellog's?«

»Welcher Affe?«, fragte ich zurück.

»Na Coco, der Coco-Pops-Affe. *Ich heiß Coco, hüpf von Ast zu Ast. Ich hab noch nie mein Frühstück verpasst! Manchmal ess ich Blätter und manchmal auch Drops, doch am allerallerliebsten ess ich Coco Pops!*«, sang meine Freundin.

»Ach ja, stimmt«, sagte ich. »Den gibt's ja auch. Aber es gibt zum Beispiel auch diesen Nick Fury aus den Marvel-Comics und Fury, das Pferd. Das sind ja auch zwei verschiedene, äh, Personen. Oder Tiffy aus der Sesamstraße und Tiffy aus der Palmolive-Werbung ...«

»Die hieß Tilly«, sagte meine Freundin.

»Ja, Tilly, okay«, sagte ich. »Natürlich hätten die sich 'nen besseren Namen für ihren Koala ausdenken können. Aber sie zahlen 10.000 Euro! Im Monat! Plus Spesen!«

»Und die Kinder boxen dir in den Magen?«, fragte meine Freundin.

»Ja, aber nicht, so lange ich tanze«, wandte ich ein.

»Hmm-hmm«, machte meine Freundin und wechselte das Thema, was mir irgendwie das Gefühl gab, ein nicht ganz so großes Los gezogen zu haben, wie ich zunächst gedacht hatte.

Am nächsten Tag stand ich schon um 7 Uhr morgens bei den Kohlers auf der Matte. Der Arbeitstag als Maskottchen fing früh an, denn es gehörte zu meinen Aufgaben, die Kinder auf dem Schulweg zu begleiten. In einer Luxuslimousine fuhren wir an irgendeiner Eliteprivatgrundschule vor. Ich stieg im Koko-Kostüm und mit dem Megafon in der Hand als Erster aus dem Auto aus und rief: »Geistreich mit Esprit und Witz! Begrüßt mit mir die Kohler-Kids!«

Aber keiner applaudierte.

Das lag hauptsächlich daran, dass alle anderen Kinder auch Maskottchen dabeihatten. Damit hatte ich nicht gerechnet. Der ganze Schulparkplatz war voll mit Pumas, Enten, Bären, Gänsen, Tigern, einem Bleistift mit Hut und Kulleraugen, einigen

Drachen mit Turnschuhen sowie Mäusen mit Schultornistern. Außerdem stand da mitten in der Sommersonne ein Flamingo in einem lächerlichen, warmen Pelzmantel, der mich giftig anguckte und ein Fähnchen der Fluhrmann-Werke in den Händen hielt, was immer die auch herstellten. Ich versuchte es noch mal, dieses Mal mit meinem Hit von gestern: »Das sind die Kohlers – schalalalalalala! Das sind die …« Aber keiner stieg darauf ein. Ich wurde komplett ignoriert. Nur der Kohler-Sohn trat mir vors Schienbein, blaffte »Halt's Maul, Koko!« und trottete mit seiner Schwester ins Schulgebäude. »Ich fand's lustig«, sagte der Chauffeur. Aber das hatte für mich nichts Tröstendes.

In diesem Moment beschloss ich, den Kohler-Koala zu revolutionieren. Eine solche Schmach wollte ich nicht noch ein zweites Mal erleben. Ich kaufte mir einen neonfarbenen Tretroller, besorgte mir ein Playback und schrieb einen Koala-Rap. Dann übte ich mit einem alten *Backstreet-Boys*-Video eine Choreografie und einen speziellen Koko-Move ein, bei dem ich den Tretroller wendig unter mir drehte, um dann in der Luft auf das Ding wieder draufzuspringen. Meine Freundin schüttelte den Kopf und sagte, dass wir auf das Geld doch auch verzichten könnten. Aber hier ging es nicht mehr um das Geld. Hier ging es um meine Koala-Ehre!

Drei Tage später fuhr ich wieder mit den Kohler-Kindern in der Limousine zur Schule. Der Chauffeur grinste mich schon beim Einsteigen gehässig an. Aber ich war vorbereitet.

Am Schultor angekommen riss ich die Tür auf, holte mir den Tretroller aus dem Kofferraum und fuhr mit Karacho auf den Schulhof. Dabei rempelte ich einen Puma um und schubste einige Enten und Drachen beiseite. Ich schmiss das Playback an und präsentierte meine Show. Riesenstimmung! Am Ende machte ich den Koko-Move mit dem Tretroller und schmetterte meinen Song: »Das sind die Kohlers – schalalalalalala!« Und alle sangen mit. Sogar der Bleistift mit dem Hut stieg ein. Und die kleine Tochter der Kohlers rief mehrfach laut: »Der Koala gehört uns. Der Koala gehört uns!« Ein voller Erfolg. Bloß der Familien-Fiffi-Hund bellte mich aus der Limousine heraus neidisch an. Der Flamingo im Pelzmantel hatte meine Show missgelaunt beobachtet. Während die Kinder in der Privatgrundschule verschwanden, kam er auf mich zu und überreichte mir einen Zettel: »*Café Kaiser*. Treffen um halb elf. Ohne Chauffeur.«

Als ich um kurz vor halb elf im Café ankam, saß der Flamingo schon an einem Tisch. Den Kopf mit dem pinken Hals hatte er abgesetzt, der Pelzmantel hing über einem Stuhl. Vor ihm stand ein großes Bier.

»Gute Show«, sagte er, aber es klang nicht allzu begeistert. Ich bedankte mich und bestellte mir eine Buttermilch. Ich wollte mich ja nicht schon am Vormittag zusammen mit der Konkurrenz besaufen.

»Oh«, bemerkte Flingo ironisch. »Noch motiviert, was?«

»Vierter Arbeitstag«, sagte ich. »Sie sind der Fluhrmann-Flamingo, oder? Waren Sie nicht früher auch bei den Kohlers angestellt? Der alte Koko, mein Vorgänger?«

»Deshalb habe ich Sie ja angesprochen«, sagte der Mann mit dem Flamingokostüm, der bärtig und etwa 35 Jahre alt war und, wie ich fand, etwas flamingo-untypisch an einer E-Zigarette zog.

»Wissen Sie eigentlich, für wen Sie da arbeiten?«

»Ja, für die Kohlers«, antwortete ich. »Die kennen Sie doch.«

»Das meine ich ja gerade«, flüsterte der Flamingo. »Wissen Sie, was die machen? Woher die das ganze Geld haben?«

Ich stutzte. Ich hatte tatsächlich keine Ahnung. Ich war so mit meiner Show beschäftigt gewesen, dass ich das nicht mal gegoogelt hatte. Aber der Flamingo klärte mich auf: »Die Kohlers sind die klimaschädlichste Familie der Welt. Das hätten Sie nicht gedacht, was? Die stellen jeden Tag mehr Plastik her als die USA, die haben Anteile an zig Fluglinien, vierundzwanzig Großschlachtereien mit Massentierhaltung und über dreißig Braunkohlekraftwerke überall in der Welt. Aber das perfideste ist: Diese Kriminellen sahnen beim Klimawandel doppelt ab. Auf der einen Seite jagen sie so viel CO2 in die Luft wie ganz China. Auf der anderen Seite machen sie Kasse mit Fabriken für Wind- und Solaranlagen und stellen Jutebeutel her, auf denen ›Hambi bleibt‹ steht. Die lassen in Australien genau die Wälder abholzen, in denen die echten Koalas leben. Und hier haben sie einen als Wappentier!«

Ich blickte auf den Koalakopf neben mir. »Aber zumindest haben sie keinen Sportverein«, sagte ich etwas sinnlos.

»Von wegen!«, rief mein Vorgänger. »Die haben sogar zwei. Und die lassen sie in Brasilien gegeneinander antreten und wetten doppelt gegen sich selbst, weil sie dann auf jeden Fall gewinnen. Und die Fluhrmann-Fabriken haben sie auch gekauft. Feindliche Übernahme. Nur weil ich da ’nen Job gefunden habe. Und jetzt zwingen sie mich, diesen Pelzmantel zu tragen, damit ich in dem beschissenen Kostüm doppelt schwitzen muss. Diese Schweine kennen überhaupt keine Moral. Und Sie machen für die den lustigen Koko! Haben Sie eigentlich noch irgendeine Selbstachtung? Ist Ihnen alles scheißegal, oder was?«

Er trank sein Bier aus, setzte sich den Flamingohals wieder auf den Kopf und zog den schweren Pelzmantel an. »Ich gehe jetzt zum Fluhrmann-Werk und kündige. Dieser Flamingo hat genug gesehen«, sagte er pathetisch und hüpfte auf einem Bein raus auf die Straße, wo die Limousine schon auf ihn wartete.

»Von wegen ohne Chauffeur«, dachte ich mir und fuhr mit dem Tretroller zur Kohler-Villa. Dort konfrontierte ich den Firmeninhaber mit den Aussagen des Flamingos.

»Jawoll«, sagte der. »Das stimmt alles. Hat der Koala damit irgendwelche Probleme?«

Ich redete mich in Rage: »Ja, klar habe ich damit Probleme. Sie haben mich belogen, und Sie vernichten die Umwelt, ich meine, was soll ich denn dazu sagen?«

»Nix«, sagte Herr Kohler. »Nehmen Sie Ihre 10.000 Euro, und halten Sie die Fresse.«

Ich wurde wütend. Und ich brüllte den ersten Satz, der mir in diesem Moment in den Sinn kam, einen Satz, der wahrscheinlich so noch nie von einem Koalakostümträger gegenüber einem deutschen Industriellen ausgerufen wurde, nämlich: »Sie zerstören den Lebensraum meiner Artgenossen!« Dann warf ich Herrn Kohler das Geld vor die Füße und brüllte: »Ich kündige!«

Der Firmenchef lachte. Er hob das Geld auf und sagte: »Sie sind ja wirklich ein echter Idiot. Aber zum Schreien komisch. Aus Ihnen hätte was werden können. Und das hier sind nur 9.750 Euro.«

»Ich habe einen Tretroller gekauft«, sagte ich. »Und ich musste ein großes Bier und eine Buttermilch bezahlen.«

»Ja. Davon habe ich gehört. Kleiner Frühschoppen während der Arbeitszeit, was? Ich hatte mir schon gedacht, dass Sie hierhinkommen und rumjammern würden. Egal. Die 250 Euro habe ich bis morgen, sonst haben Sie meine Anwälte am Hals. Und jetzt geben Sie mir das Kostüm ab und dann: Raus hier! Koko bringt Sie zum Tor.«

Aus dem Hausinneren kam ein Koala auf mich zu, packte mich am Oberarm und zerrte mich über die Gartenteichbrücke. Ich brauchte nur einen Blick durch seine Mundöffnung, und ich wusste Bescheid. Das war Flingo, der Fluhrmann-Flamingo, beziehungswiese sein Darsteller, der bärtige Biertrinker aus dem *Café Kaiser*, mein Vorgänger.

»Was ... was machen Sie denn hier? Sie sind doch ...« ,stammelte ich.

Der Ex-Flamingo grinste mich böse an: »Ja, meinen Sie, ich

will für immer der Flamingo mit dem Pelzmantel bleiben? Irgendwie musste ich doch meinen alten Job zurückkriegen. Auf 16.000 Euro im Monat kann ich nicht verzichten.«

»16000???«, brüllte ich. Mein Nachfolger und Vorgänger grinste.

»Ja, klar. Wieso? Hat der Alte Sie runtergehandelt? Hahaha. Der ist der Größte. War schon immer mein Vorbild. Darum hab ich auch die große Koalamoralkeule rausgeholt. Das zieht doch bei Typen wie Ihnen immer. Sie sind ja gar nicht geeignet für den Job. Sie haben doch für ein richtiges Maskottchen viel zu viele Ambitionen.«

Dann machte er das Tor auf und warf mich vor der Villa auf die Straße. Der kleine, weiße Fiffi-Hund stand neben ihm und knurrte mich böse an. Dann schmiegte er sich ans Bein des alten Koko. »Für 50 Euro übernehm ich den Tretroller«, sagte der. »Die Show klaue ich morgen früh eh. Und merken Sie sich eins, Mann: Ein richtiges Maskottchen hat keine Freunde.« Dann kickte er den Hund mit dem Fuß ein paar Meter weiter und ging ins Haus, um die Klimavernichter in ihrem Alltag anzufeuern.

Ich jedoch stand auf der Straße und fühlte mich tatsächlich so frei und zufrieden wie nie. Sicher, Geld hatte ich keins mehr. Aber einen Tretroller. Und so rollte ich gemächlich bis zum nächsten Bahnhof. Dabei fiel mir die zweite Strophe der alten Kellog's-Werbung ein: *»Ich heiß Coco, und ich hab 'nen Freund ...«* Vielleicht bin ich ja doch mehr so wie der, dachte ich mir. Wie ging das noch mal weiter? *»Wir haben noch nie unser Frühstück versäumt.«* Reimt sich eigentlich auch nicht. Egal. Ich klopfte mir die Koalafellreste aus den Klamotten, wählte mit dem Handy die Nummer meiner Freundin und fragte sie, ob sie mich heute mal zum Frühstück einlädt.

EIN PAAR WORTE ZUM VERHÄLTNIS VON RUND UND ECKIG IM KAPITALISMUS, KONKRETISIERT AM BEISPIEL KORRUPTION, KRIMINALITÄT UND AUTOMOBILINDUSTRIE. UNTERTITEL: GEOMETRISCHE GESELLSCHAFTSKRITIK

Wenn Männer aus besseren Kreisen
sich in dunklen Zirkeln
an runden Tischen
zu Kartellen vermischen,
um bei teuren Speisen
(oft in Gesellschaft kurviger Damen)
Abgaswerte abzurunden
und Bilanzen aufzurunden,
dann tragen sie trotzdem meist
ganz eckige Köfferchen
mit eckigen Karten drin
von Winkeladvokaten,
die sie heimlich beraten
in rechtlichen Dingen,
und vor der Tür warten
kongruent zum Türrahmen
schrankgroße Kanten
mit zackigen Namen,
die mit Handkantenschlägen
jeden, der den Kreis stört,
sofort um die Ecke bringen.

Eine moderne Beschäftigung für viele Menschen ist es, alles, was ihnen im Leben begegnet, mit Sternen, Punkten oder Kochlöffeln zu bewerten. Zum Beispiel die Sahara, die mit 3,8 Sternen bei Google schlechter abschneidet als die Kalahari-Wüste, die 4,2 Sterne bekommen hat bei etwas größerer Wahlbeteiligung. Aber nicht nur Wüsten werden bewertet, sondern auch Dinner, Fußballspieler und Philosophie-Proseminare. Meist bin ich daran nicht beteiligt. Aber manchmal lässt es sich einfach nicht vermeiden ...

FEEDBACK

Vor Kurzem bin ich zum ersten Mal in einem nepalesischen Restaurant gewesen. Das Essen war gut, und das Ganze hätte ein uneingeschränkt erfreuliches Erlebnis sein können, hätte der nepalesische Besitzer mich nicht dazu gedrängt, sein Lokal zu bewerten. Er wollte unbedingt, dass ich meine positive Resonanz auf irgendeinem Internetportal veröffentliche und mit ihm gemeinsam ein Foto mache, auf dem wir beide Arm in Arm und mit erhobenen Daumen selig in Richtung Küche blicken. Dabei sollte neben uns auf der Theke ein traditionelles nepalesisches Getränk stehen, basierend auf fermentierter Fingerhirse und angestrahlt von einem kleinen, taiwanischen Scheinwerfer.

Das Getränk kannte ich schon. Es war mir zuvor mit den Worten »It's not for the taste. It's for the health« zum Probieren serviert worden. Und es war ganz sicher nicht for the taste. Das konnte man schon beim ersten Schlückchen sagen. Ob's for the health war, konnte ich nicht beurteilen. Der Kellner hatte zwar mehrfach darauf hingewiesen, dass es für Sherpas im Himalaya kein besseres Mittel gebe, um kalte Nächte zu durchwandern. Aber es gibt nur ganz wenige Sherpa-unähnlichere Oberhausener als mich. Und es war Hochsommer. Da ließ sich die Aussage schlecht überprüfen. Kurz gesagt, das Gebräu war nicht mein Ding. Das erklärte ich dem Restaurantleiter auch und fügte hinzu, dass ich mich ja schlecht auf Fotos neben seiner fermentierten Fingerhirse räkeln könne, wenn mein Bedarf daran soeben mit dem ersten Schluck auf Lebenszeit gedeckt worden sei.

»Oh. That's no problem«, sagte der Restaurantleiter. »Just look happy.« Klar. So geht das auch. Ich aber wollte differenzieren. Das Essen war ja gut. Dafür wollte ich gerne meinen Daumen nach oben recken. Aber nicht für das schreckliche Sherpagesöff. Die Lösung war einfach. Der Kellner schlug vor, ich könnte ja meinen rechten Daumen für das Essen auf dem Foto nach oben drehen, während ich hinter dem Rücken des Restaurantchefs trotzdem mit dem anderen Daumen für das Getränk nach unten zeige.

»That's no problem«, fügte dieser hinzu. »Just look happy.«

Ich beugte mich der Argumentation und bekam ein Vanilleeis aufs Haus. Außerdem erhielt ich noch eine Tüte fermentierte Fingerhirse zum Selbstaufbrühen. Irgendwie hatte ich hier meinen Standpunkt nicht so richtig klarmachen können.

Eigentlich wollte ich am liebsten überhaupt nichts mehr bewerten. Das will ich nie. Aber man kann heute fast nichts mehr machen, ohne hinterher gefragt zu werden, wie es einem gefallen hat. Überall gibt's Feedbackbögen, Ankreuzkästchen und Abfragen: Sind Sie mit dem Einkauf zufrieden gewesen? Hat Ihnen der Besuch im Hundehotel eine neue Perspektive eröffnet? Wie gefällt Ihnen mein Fahrstil auf einer Skala von 0 bis 200 km/h? Waren Sie mit diesem Feedbackbogen zufrieden? Waren Sie mit dem Feedback zum Feedbackbogen zufrieden? Hömma!

Wo kann man eigentlich diese Entwicklung bewerten? Daran würde ich mich beteiligen. Es kann doch nicht sein, dass alles, was man im Leben tut, zum Korrekturfach wird. Wenn ich in einer Pizzeria sitze, dann will ich nicht darüber nachdenken, welche Schulnote ich dem Pizzabäcker gebe. Darum bin ich ja bewusst nicht Lehrer geworden. Wer gerne Noten vergibt, der muss an eine Schule. Da kann er sich austoben. Oder er soll Preisrichter beim Eiskunstlauf werden. Dann kann er das ohne Pause machen. Wahrscheinlich sogar, ohne Schlittschuh laufen zu können. Aber ich will nicht meinen HNO-Arzt in den Kategorien Hals, Nasen und Ohren ranken. Ohne Ahnung, aber mit Schnupfen. Da putz ich mir lieber die Nase. Und fürs Kreuzchenmachen gibt es ja auch bessere Termine. Aber die werden oft nicht wahrgenommen. Es soll tatsächlich Leute geben, die das ganze Jahr über alles bewerten, was sie können, alle Hotelfeedbackbögen ausfüllen, Rezensionen zu Spaghettitöpfen im Internet schreiben, aber dann nicht zur Bundestagswahl gehen. Und am Ende sind sie sauer, weil sie mit dem Ergebnis nicht zufrieden sind. Was soll man dazu sagen? Ich kann das nicht bewerten.

Ich frage mich auch häufig, welche Motivation umgekehrt dahintersteckt, ständig ein Feedback bekommen zu wollen. Das war doch nicht immer so. Es gab mal eine Zeit, da hatte der HNO-Arzt noch keine Habt-mich-lieb-Internetseite für Ärzte, da wollte der Mathelehrer nicht, dass irgendwer »Gefällt mir« ruft, und da hieß »Infotainment« noch »Chemie« und war halt langweilig. Das war okay. Und wenn man irgendwo etwas essen war, dann hat man als Nachtisch nicht die Toiletten bewertet. Nein. Dann hat man einen Absacker getrunken. Und noch einen. Und dann ist man zufrieden nach Hause gewankt. Und dem Taxifahrer hat man ein Trinkgeld gegeben und nicht drei Sterne. Und das fand der besser.

Apropos Absacker. In dem Zusammenhang wird mir der Sherpatrunk irgendwie doch nachträglich noch ziemlich sympathisch. Denn der ist halt so, wie er ist. »Not for the taste, but for he health.« Der schmeckt halt nicht und fertig. Mehr will die Brühe nicht. Dem ist jeder Feedbackbogen egal. Der pfeift auf Klicks und Einschaltquoten. Das ist doch mal ein Standpunkt! Und so gehe ich in die Küche und brühe mir eine ganze Kanne davon auf, trinke einen kleinen Schluck, denke »Igitt«

und stelle die Tasse zufrieden wieder weg. Und in Gedanken drehe ich im Nachhinein meinen linken Daumen auf dem Foto hinter dem Rücken des nepalesischen Restaurantchefs wieder nach oben und gucke letzten Endes dann doch noch ziemlich happy aus der Wäsche.

GANGSTA-RAP

Eine Frage, die mich seit Jahren beschäftigt, ist: »Wer hört eigentlich diesen ganzen Gangsta-Rap?« Es scheint dafür ja keine lyrischen oder musikalischen Gründe zu geben. Aber ich habe jetzt eine Theorie. Und zwar seit ich vor geraumer Zeit ein Gespräch zwischen drei Jugendlichen am Düsseldorfer Hauptbahnhof miterleben durfte. Dieses Gespräch habe ich protokolliert. Ich möchte mich im Vorhinein dafür entschuldigen, dass der Text eine Vielzahl von Kraftausdrücken beinhaltet, aber das ist nun mal der Protokollgenauigkeit geschuldet. Man stelle sich also Folgendes vor.

Ort: Düsseldorfer Hauptbahnhof, Zeit: etwa 23:05 Uhr, drei Jugendliche unterhalten sich:

– Eh, der geht nisch ran. Der fickt die Schlampe, der geht nisch an sein Scheißwichserhandy, der Wichser ... Megadiss.

– Hassu Ticket?

– Isch hab 8 Euros.

– Ey, Scheiße! Ruf den an, ey! Wir ham nur 8 Euros, wir sind voll an Arsch, wir komm hier nisch weg, Alter.

– Isch ruf den nisch an.

– Ey, ruf den an!

– Isch ruf den nisch an. Die Perle geht nisch dran, da geht der auch nisch dran. Scheißwichser! Drecksbastard. Wichser!

– Scheißwichser, Opferwichserscheißmegadissbastard, Scheiß...

– Aber wir komm hier nisch weg, Alter, ruf den an! Wir haben nur 8 Euros.

– Isch ruf den nisch an.

– Ey, ruf den a-an.

– Isch ruf den nisch an.

– Ey, ruf den a-an.

– Isch ruf den nisch an.

– Ey, ruf den an jetzt. Wir sind voll an Arsch. Wir haben nur 8 Euros.

– Isch ruf den nisch an.

– Mann, wir sind voll an Arsch sonst.

– Isch ruf den nisch an.

– Eh, gleisch ruf isch den an! Hab isch kein Problem mit.

– Nee, mach nisch, Alter. Bitte mach nisch! Ruf den nisch an.

– Ey, isch ruf den gleisch an. Hab isch kein Problem mit.

– Nee, mach nisch.

– Isch ruf den an.

– Na gut, gib her, isch ruf selber an. Okay, Leute, alles klar! Isch ruf den Wichser an. Isch ruf die Drecksau an. Jo.

Dann hörte man für kurze Zeit nichts, und dann – auch zu meiner Überraschung – Folgendes:

– Hallo. Ja, Papa, hier ist Lukas. Kannst du den Fabi, den Timo und mich eventuell in Emmerich am Bahnhof abholen? Da fährt gleich überhaupt kein Bus mehr, und wir haben auch kein Geld fürs Taxi und so ... Wir haben nur 8 Euro!

Ja – ahh. Hmm. Nein, ich hab's bei Mama auch schon versucht. Da war immer nur die Mailbox dran.

Ach so ...

Ja, dann bis gleich. Sag Mama 'nen schönen Gruß. Wir sind dann gleich am Bahnhof. Was? Ja-ahh ... ist alles gut. Ich habe noch einen Pullover mit. Mach ich. Alles gut. Bis gleich dann. Dankeee. Ja-ah. Tschü-üss. Tsch-üss. Bis gleich. Okay-ay.

Und dann wieder ganz kurze Zeit nichts. Aber dann:

– Hab isch klargemacht. Der Bastard holt uns ab!

Und wer möchte da schon Telefon sein? Gerade in Zeiten von Smartphone-Abhängigkeit ist das kein Zuckerschlecken. Darum hier mal ein echtes Handyklagelied für digitale Eingeborene:

DAS HANDY, DAS MIRCO NICHT MAG

Mirco ist fünfzehn und fürchterlich.
Ich muss das wissen. Sein Handy bin ich.
Ich wurde ihm von der Oma geschenkt.
Die Oma ist reich und genauso beschränkt.

Das weiß ich, denn oft ruft das blöde Weib an,
wobei man als Handy ja schlecht weghören kann.
Dann schleimt er sich ein und bettelt um Geld,
und Omi zahlt alles, was Mirco gefällt.

So kam ja auch ich in seine Gewalt.
Seitdem hör ich mit, was für'n Schwachsinn er schwallt,
und täglich verschick ich sein hohles Geschmier,
wenn ich ihn nicht gerade fotografier

oder durch dümmliche Videos scrolle
oder bei Facebook die Freunde volllole.
Was immer er twittert, ich muss den Mist lesen
und bin auch schon mehrfach zum Klo mit gewesen,

wo er, sich entleerend, aufm Display rumschmiert
und gleich seinem Durchfall auch kommuniziert.
Kurzum, ich hasse das grässliche Blag!
Ich bin das Handy, das Mirco nicht mag.

Wohin er auch geht, er hat mich in der Hand:
beim Schlafen, beim Essen, im Bus und am Strand.
Da popelt und patscht der Idiot auf mir rum,
und was er auch macht, es ist alles gleich dumm.

Zu doof, um Kartoffeln in'n Keller zu schleppen,
aber mit anderen Deppen whatsappen.
Zu dämlich, um *King Kong* am Stück zu verstehen,
aber für YouTube selbst Filme drehen.

Zu blöd, um mit'm Ei auf 'nen Laster zu zielen,
aber aufm iPhone *Quizduell* spielen
gegen genauso bescheuerte Blagen,
die das Wort »Merkel« bei Google nachschlagen.

Und ich bin dabei – jeden furchtbaren Tag.
Ich bin das Handy, das Mirco nicht mag.

Wie oft hab ich täglich mein Schicksal verflucht
und klägliche Fluchtversuche versucht?
Doch niemals entwich ich der simsenden Hand
des teuflischen Teenies mit tumbem Verstand;

bis heute, denn heut ist was Tolles passiert:
Ich hab noch nicht *ein Mal* was fotografiert.
Ich lieg auf dem Schrank und bin glücklich wie nie.
Seit heute muss Mirco zur Suchttherapie!

Und ich dachte noch nach, welche Sucht das wohl sei,
ich hab ja nie was gesehen, und ich war *immer* dabei.
Da war nix. Kein Klebstoff, Heroin oder Bier.
Und dann hör ich ernsthaft, er wär süchtig nach mir.

Sein Arzt sagt, er könnt' sich vom Handy nicht trennen!
Da hätten se lieber mal mich fragen können.
Ich kann das. Ich hätt' es ihm gerne gezeigt.
'ne Trennung fällt mir bei dem Spacko ganz leicht.

Stattdessen muss er jetzt zur »Suchtgruppe« gehen.
Davon würd' ich gern mal 'n Video drehen!
Ich lieg auf dem Schrank und stell mir das vor,
und schon die Vorstellung trifft ganz genau meinen Humor ...

Die anonymen Aldi-Talk-Kunden
sitzen im Stuhlkreis, alle Daumen verbunden,
und jammern und flennen und klagen ihr Leid
von ihrer Handyabhängigkeit

und lernen, zum ersten Mal gerade zu gehen,
ohne dabei Richtung Boden zu sehen.
Und wenn es wo klingelt, dann flippen sie aus
und holen sich die Methadonhandys raus.

Knochen aus Holz ohne SIM und Verstand,
Hauptsache, man hat irgendwas in der Hand.
Und zum Schluss singt man den Therapiegruppen-Rap
»You only live once – ganz ohne App!«

Und bevor man dann endlich nach Haus gehen kann,
muss jeder noch sagen: »Ich ruf dich nicht an!«
Das wünsch ich ihm bis zum Sankt-Nimmerleins-Tag!
Ich bin das Handy, das Mirco nicht mag!

Und wenn Mami ihn heute nach Hause bringt,
ratet mal, wer dann gleich Sturm klingelingt
und hier auf dem Schrank willig vibriert.
Mal sehen, was dann aus der Therapie heut noch wird ...

Ich hoffe, dann trifft den Idioten der Schlag.
Ich bin das Handy, das Mirco nicht mag!

Das Handy, das Mirco nicht mag

Smartphones werden vor allem dann zum Problem, wenn man sie beruflich nutzen muss. Dazu hier das Beispiel einer Grundschullehrerin (60 Jahre alt) aus Dortmund, an deren Schule die Entscheidung getroffen wurde, Eltern-WhatsApp-Gruppen zur Information über das Schulgeschehen einzuführen. Das Ergebnis ist der Albtraum eines jeden Klassenlehrers: ein Elternsprechtag, der nie endet …

DIE ELTERN-WHATSAPP-GRUPPE DER KLASSE 3B PLANT DIE PROBEN FÜR DIE KINDERTHEATER-AUFFÜHRUNG »URMEL AUS DEM EIS« ODER »DIE MUPFEL IST WEG« (EIN GESELLSCHAFTSDRAMA)

Der Begriff »Mupfel« stammt aus den Urmel-Büchern. Hierbei handelt es sich um eine Muschel, um die sich der Waran Wawa und der Pinguin Ping streiten. Und weil alle Tiere in der Urmel-Geschichte Sprachfehler haben, heißt das Ding also »Mupfel«. Kleine Information. Kann man gebrauchen. Die WhatsApp-Nachrichten werden nun in der Reihenfolge präsentiert, in der sie auf dem Smartphone der Klassenlehrerin Gerlinde Tack an einem denkwürdigen Donnerstagabend in Dortmund ein- und ausgingen.

Plüng! »Hallo ihr, hat jemand die Papiermupfel von Wawa, dem Waran, mitgenommen, die der Maxi gebastelt hat? Wir wollten die zu Hause ja noch an eine echte Muschel drankleben, und jetzt ist die aber nicht mehr da, und der Maxi weint die ganze Zeit. *Trauriger Smiley* Wann ist eigentlich Probe? Maxi muss vorher noch zum Logopäden und kann erst ab 16:15 Uhr.«

Plüng! »Ronja weiß nicht, wo die Mupfel ist. *Trauriger Smiley*«

Es melden sich jetzt natürlich nicht die Eltern, die das Teil gefunden haben, sondern ausnahmslos alle, die es nicht haben – das ist der technische Fortschritt!

Plüng! »Lotta weiß nicht, wo die Mupfel ist. *Smiley, der sich die Nase putzt*«

Plüng! »Guckt mal. Liam hat zu Hause auch eine Mupfel gebastelt!! (Foto eines oval ausgeschnittenen, braunen Papierflecks.) *stolzer Smiley* Wo Maxis Mupfel ist, weiß Liam nicht. Vielleicht einfach mal richtig suchen?!? *Schulterzuck-Smiley*«

Plüng! »Hannes hat die Mupfel auch nicht. Aber er hat einen Fisch gebastelt! Guckt mal! (Foto eines blauen Papierflecks.)«

Plüng! »Hi. Basti hat auch einen Fisch gebastelt, guckt mal. (Foto.)«

Plüngplüngplüngplüng... An dieser Stelle erst mal 25 Fotos von blauen Papierflecken stolzer Eltern, dann die ersten Denunzianten ...

Plüng! »Hi. Oscar sagt, Liams Mupfel sieht genauso aus wie Maxis Mupfel. *Sherlock-Holmes-Smiley*«

Plüng! »Hi, Maurizio meint auch, er hat Liam mit der Mupfel gesehen. *Smiley mit Lupe*«

Plüng! »Lukas weiß nicht, wo die Mupfel ist.«

Plüng! »Lukas weiß nicht, wo die Mupfel ist.«

Plüng! »Lukas weiß nicht, wo die Mupfel ist.«

Plüng! »Lukas weiß nicht, wo die Mupfel ist.«

Plüng! »Lukas weiß nicht, wo die Mupfel ist.«

Plüng! »Lukas weiß nicht, wo die Mupfel ist.«

Plüng! »Lukas weiß nicht, wo die Mupfel ist.«

Plüng! »Sorry! – Ich glaub, ich hab die Nachricht jetzt zweimal verschickt.«

Plüng! »Hi! Wichtige Info: Die nächste Thermomix-Party findet am Sonntag bei uns im Wintergarten statt. Wir machen Eierlikör und Marmelade. Es sind noch drei Plätze frei. Bussi von Lenis Mutti! Bitte nur an echte TM6-User weiterleiten. Keine Einsteiger-Party. *Zwinker-Smiley*«

Plüng! »Hi! Wir haben auch einen Thermomix, sind aber an dem Wochenende leider auf Capri. *Sonnenbrillen-Smiley*«

Plüng! »Hi! Wir haben auch einen Thermomix und denken an euch auf Barbados! *Zwinker-Smiley*«

Plüng! »Hi! Lödelödelödelödeldödel. Ficken!«

Plüng! »Sorry! Lottas Bruder hat das Handy in die Finger bekommen. Eine Woche Playstation-Verbot!«

Plüng! »Hi, hat jemand Maxis Malbuch ›Mein Kampf‹ gefunden? Wir wollten da noch die Bärte einkleben.«

Plüng! »Sorry! Acht Wochen Playstation-Verbot. Lecker im Thermomix sind ja auch die Bärlauchrouladen. Wir sind leider auf Sylt.«

Plüng! »Ach. FREUUUU!!! dann können wir uns da ja treffen!«

Plüng! »Ja, klar. Super! *Freu*! Wo denn?«

Plüng! »Vielleicht bei der Mupfel?«

Plüng! »Hihihihi. *Lol*«

Plüng! »Sehr witzig, Birgit. Maxi weint schon seit Stunden und hört gar nicht mehr auf. Das Ganze geht ihm total nahe. Wahrscheinlich müssen wir morgen sogar zum Not-Logopäden. Hat noch jemand gesehen, wie Liam die Mupfel gestohlen hat? Gruß, Kirsten.«

Plüng! »WENN NOCH EINER MEINEN SOHN BESCHULDIGT, DANN: ANWALT! Kein Gruß!!! Angelika (Liams Mutter).«

Natürlich alles in Großbuchstaben. Denn was macht der Deutsche, wenn er nicht mehr an sich halten kann vor Rage? Dann drückt er die Feststelltaste auf seinem Handy und schreibt GROSS weiter. Was denken die Leute sich dabei? Dass das beim Lesen lauter klingt? Oder dass die Informationen so besser ankommen? Wenn ich selber richtig wütend bin, dann mache ich mittlerweile immer Folgendes: Ich setze die Schriftgröße auf ganz klein, vier oder fünf. Und die Schriftfarbe auf gelb. Schriftart Comic Sans Serif. Das kann keine Sau lesen. Ist genauso bescheuert, aber zumindest mal eine Variante. Egal. Weiter im Text. Maxis Mutter Kirsten schreibt zurück ...

Plüng! »@Angelika, niemand beschuldigt deinen Sohn.

ABER ... Wenn Liam die Mupfel gestohlen hat, dann muss er sie auch zurückbringen.«

Plüng! »@KIRSTEN: IHR SEID DOCH BLOSS NEIDISCH, WEIL LIAM DIE HAUPTROLLE GEKRIEGT HAT. ABER *MEIN* SOHN HAT ALS URMEL EBEN ÜBERZEUGT!!!«

Plüng! »@Angelika: Hier schreibt Kirstens Mann. Wer als Kind Papiermuscheln klaut, der dealt später auch mit Drogen. Wir wollen Liam nur helfen. Sozialverhalten ist erlernbar. Gruß, Gedeon.«

Plüng! »@Gedeon: Wer hier in der Nachbarschaft klaut, das weiß ich. Wo ist denn der Wiesenrispenscheraufsatz von unserer Buchsbaumschere hingekommen? Häh?«

Plüng! »@Angelika: Verleumdung! Wir sehen uns vor Gericht!«

Plüng! »@Gedeon: Mach doch! Wir haben eine Rechtsschutzversicherung. *Rechtsanwalts-Smiley mit Aktenköfferchen*«

Plüng! »Liebe Eltern der 3b: Hier schreibt eure Klassenlehrerin Frau Tack. Ich habe die Papiermuscheln heute alle nach Schulschluss eingesammelt. Die Scheißdinger stehen bei mir zu Hause im Büro rum. Aber mein Mann und ich verbringen gerade unseren Hochzeitstag beim Italiener damit, eure gehirnamputierten Nachrichten zu lesen, weil wir den Klingelton meines neuen Handys nicht auskriegen. Darum hier mal ein paar wichtige Infos von schulischer Seite:

1.) Eure Freizeit hat in meinem Telefon nix verloren. Das gilt auch für Tupper-, Thermomix-, Dessous- oder Dildopartys und alle Erinnerungsfotos davon. Wenn ich blödem Volk beim Kochen zugucken will, dann mache ich den Fernseher an.

2.) Für Rechtschreibung und Inhalt in dieser WhatsApp-Gruppe gebe ich mit viel Wohlwollen die Note 5 minus. Das liegt deutlich unter dem Klassendurchschnitt eurer Kinder. Das heißt, Leni, Basti und Lotta werden in die vierte Klasse versetzt, ihre Eltern aber nicht.

3.) @Maxis Vater ›Gedeon‹: Du hast recht. Sozialverhalten ist erlernbar. Und Vorbilder spielen dabei eine sehr, sehr große Rolle. D. h., im schlimmsten Fall wird dein Sohn genauso ein spießiges, dummes Arschloch wie du. @Liams Mutter Angelika: Freu dich nicht zu früh, für dich gilt genau dasselbe. Und weil ich keinen Bock mehr habe, dabei noch länger zuzugucken, gehe ich in Frührente. *FREUUUUU*!!! Und das werden mein Mann und ich jetzt mit einer Magnumflasche Sekt feiern. *besoffener Smiley* Und wenn ihr dann heute Nacht von WhatsApp-Nachrichten geweckt werdet. Das sind wir! Denn dann sind wir betrunken. Die ›Papiermupfeln‹ eurer missratenen Rangen werden wir dabei feierlich im Garten verbrennen.

Liebe Grüße, eure Gerlinde

PS: Leck mich am Arsch, hab ich gerade einen Spaß!«

Mehrere Fragezeichen. Kurze Pause. Aber dann: Wie schafft man wahren Frieden unter Eltern? Durch einen gemeinsamen Feind:

Plüng! »@Gedeon: Das ist ja eine Unverschämtheit. Was nimmt sich diese Frau heraus? Wer Papiermuscheln verbrennt, der verbrennt auch Bücher. Und wo das hinführt, das wissen wir ja. Angelika.«

Plüng! »@Angelika: Wir gründen eine Elterninitiative. Ich komme gleich mal rüber. Gedeon.

PS: Kirsten bringt Eierlikör mit. Wir haben gerade welchen in unserem TM6 gemacht.«

Plüng! »@Gedeon: Wir haben auch noch Eierlikör aus unserem TM6, aber bringt ruhig mal euren mit. Den mögen wir am allerliebsten. *freu* *Kochlöffel-Smiley mit 3 Sternen*«

Und so wurde der Hochzeitstag von Gerlinde Tack dann

doch noch ein wunderschöner und vor allem ungestörter Abend. Und selbst Liams und Maxis Eltern fanden Eierlikör saufend endlich wieder eine gemeinsame Basis. *Herzchen-Smiley*, Mupfel zu, Vorhang und Ende!

IBIZA

SIEHT AUS WIE EIN STILISIERTER HUND ...
... ODER EINE KOMISCHE DICKE MAUS.
NA , ZUMINDEST ISSES KEIN VOGEL. LASS UNS REINGEHEN.
Mallorca 14 Tage p. P. 679,-
Bora Bora ab 1290,-
JA, ABER ... ÄH ... NUN JA, ICH MEINE ... SIE SIND DOCH VÖGEL!
JUNGE, JUNGE, DA HAT ABER EINER IN BIO AUFGEPASST!
!
KURZ GEGUCKT. SOFORT ERKANNT.
WIE COLUMBO ...
VIELLEICHT LIEGT'S AN DEN FEDERN.
NEIN, NEIN, EHER ANDERS. ICH MEINE NUR, VÖGEL BUCHEN KEINE FLUGREISEN. WEIL VÖGEL EBEN VÖGEL SIND UND SELBST FLIEGEN ...
HMMM ...
AHA.
SO, SO ...
JA, UND WEIL SIE EBEN SELBST FLIEGEN, FLIEGEN SIE MIT ALLEN FREUNDEN EINMAL IM JAHR IN DEN SÜDEN ...
ER IST EIN GENIE!!!

ABER JETZT MAL SPAß BEISEITE. FLIEGEN IST SCHEIßE! ES IST KALT, MAN WIRD NASS, UND WENN MAN IM SÜDEN IST, HAT MAN KEINEN NERV MEHR AUF URLAUB!
UND DAUERND MUSKELKATER!
UND DIE ZUGLUFT IST SCHLECHT FÜR DIE AUGEN!
DER HEINZ SIELMANN UNTER DEN REISEBÜROHEINIS.
ENDLICH EIN KOMPETENTER KENNER!
DER BESTE MANN DER STADT.
GENAU! UND DA HABEN WIR UNS ÜBERLEGT – DIESES JAHR NICHT. WIR WOLLEN ALL-INCLUSIVE NACH IBIZA!
JAWOLL! MIT WEICHEN POLSTERSESSELN.
UND CROISSANTS ZUM KAFFEE.
UND STEWARDESSEN MIT RICHTIG DICKEN ...
DU BIST EINE ALTE SCHWEINEKRÄHE, WERNER.
!!
ALSO GUT. UND WIE STELLEN SICH DIE HERREN DIE BEZAHLUNG VOR? BAR ODER MIT KREDITKARTE?
DU STRECKST UNS EINFACH DIE KOHLE VOR.
IST DOCH KEIN PROBLEM, ODER? UND WIR MACHEN DANN AUF IBIZA EIN PAAR AUFTRITTE MIT UNSERER LATEINTANZFORMATION, VERDIENEN DIE DICKE KNETE, TUN DEINE PAAR EUROS IN 'NEN UMSCHLAG UND SCHICKEN DIR DEN DANN ZU ...

WIR SIND NÄMLICH SAUGUT!
GAR KEIN THEMA! UND HELMUT SINGT ...
AY AYAYAY BAMBOLEO
IHR HABT ALSO KEIN GELD.
NICHT DIREKT ... ABER WIR HABEN AUCH KEINE TASCHEN, WO WIR'S REINTUN KÖNNTEN. SCHON MAL VÖGEL MIT TASCHEN GESEHEN, SIELMANN?!?
VIELLEICHT KÖNNTEN WIR UNSEREN FRAUEN EIN PAAR EIER KLAUEN UND AUF DEM MARKT VERKAUFEN.
WERNER!!!
DA IST DIE TÜR!
RAUS!
NICHT NOCH MAL DIE SALSA-NUMMER SEHEN?!?
WARTE, ICH TRETE IHM WENIGSTENS NOCH MAL VOR'S SCHIENBEIN!
NICH, WERNER! NICH!

ES GIBT NOCH MEHR REISEBÜROS IN DIESER STADT!
JA ... ABER NICHT MEHR VIELE. DAS WAR JETZT NUMMER ZWÖLF.
ICH SEHE ES KOMMEN, WIR FLIEGEN WIEDER SELBST. DABEI IST DIE ZUGLUFT SO SCHLECHT FÜR DIE AUGEN ...
AUAAA!! MEIN SCHIENBEIN!!!

SIEHT AUS WIE EIN STILISIERTER VOGEL ODER SO WAS ...
NA, ZUMINDEST ISSES KEIN WAL. LASS UNS REINGEHEN! ODER WILLST DU WIEDER BIS DOVER SCHWIMMEN?

HERBST

Im Herbst wird das Freizeitverhalten bei uns im Ruhrgebiet bajuwarisch. Viele wünschen sich, so zu sein wie die Bayern. Zumindest lässt die Zahl der Oktoberfeste darauf schließen. Und damit sind wir nicht allein. Deutschlandweit erhöht sich seit Jahren die Anzahl der Wiesn-Gaudi-Zelte. Allein meine Heimatstadt Oberhausen hat mittlerweile 18 Oktoberfeste. Zum Vergleich: München hat nur eins. Und darum gibt's jetzt auch eigene urbayerische Wiesn-Lieder aus dem Revier. Mitschunkeln, bitte!

OKTOBERFESTE IM REVIER

Sigmund Freud hat das ja schon einmal vor Jahren formuliert:
Der Mensch ist halt so konstruiert,
dass er immer gern das wäre, was er selbst nicht ist.
Mancher Knacki wär' gern Polizist,
mancher Landwirt wär' gerne Nachrichtensprecher,
mancher Nachrichtensprecher gern Gewaltverbrecher,

und manch eine Birgit aus Wattenscheid
wär' gern 'ne Zenzi in 'nem Dirndlkleid,
und mancher Sven aus Mülheim an der Ruhr
wär' gern ein Sepp in 'ner Trachtenmontur.

Darum gibt es jetzt bei Aldi im Ruhrgebiet
all das, was man sonst in Bayern sieht:
Weißwürste, Haxen und 'ne Löwenkopfterrine,
weiß-blaue Hemden und 'ne Wiesn-Margarine,
Wiesn-Senf und Wiesn-Hosen
und 'ne Wiesn-Kelle für die Wiesn-Soßen
und Wiesn-Knödel und Wiesn-Kleider
und 'nen Wiesn-Gurken-Gurkenschneider
und 'nen Wiesn-Rollator für den Wiesn-Greis
und das alles natürlich auch zum Wiesn-Preis.

Denn es wird Herbst bei uns im Revier,
und wir wären halt furchtbar gerne so wie ihr
in Bayern.

Darum ham wir jetzt in Bottrop zwölf Oktoberfeste.
Das ist bei uns so Brauch,
und wenn ihr schreit: »Mia san mia!«,
dann schreien wir zurück: »Mia auch!«

Wir ham uns immer schon gewünscht,
wir wären nur einmal so wie ihr,
statt Pils 0,4 mal 'nen Maßkrug Bier,
morgens schon die Wampe in die Lederbuxe pressen,
dann mit alle Mann zusammen einen Ochsen fressen
und auf den Bänken tanzen, wenn die Musi spuit,
mit 'nem Kleid, aus dem die Susi kwuit,

und den ganzen Tag halt immer nur »a Gaudi ham«
und statt Opel mal 'nen BMW und Audi ham
und abends dann »bsoffan auf die Wiasn spei'n«
und bei PISA montags trotzdem wieder Erster sein.

Es wird Herbst bei uns im Revier,
und wir wär'n mal wieder gerne so wie ihr
in Bayern.

Darum hamwer jetzt in Bochum zehn Oktoberfeste.
Das ist bei uns so Brauch,
und wenn ihr schreit: »Mia san mia!«,
dann schreien wir zurück: »Mia auch!«

Auf Schalke steht ein Hofbräuhaus – oans – zwa – gsuffa!

(Und es ist doch wahr. Neben einem weiß-blauen Wimpel sitzen und Bier schlucken, dafür fahren wir doch nicht aus dem Ruhrpott im Herbst nach München. Das können wir in Gelsenkirchen jeden Tag machen. Seit 1904!)

Doch wenn wir samstags im Rudel zum Stadion zieh'n,
dann ist es aus mit den Sympathien,
dann werden die Dirndl tief im Keller vergraben,
noch unter dem Regal, wo wir den Christbaumständer haben,
und die Schalke-Arena wird desinfiziert
und gesaugt, damit kein Knödel sich aufs Spielfeld verirrt.

Und sehen wir dann bei Aldi die Trachtenmoden,
dann spucken wir verächtlich auf den Aldi-Boden,
und mit Bayern ham wir nix mehr zu tun.
Wir stehen auf der Tribüne,
    und wir buhen und buhen und buhen,
und wir singen:

»Wir ziehen den Bayern die Lederhosen aus, die Lederhosen aus, die Lederhosen aus. Wir ziehen den Bayern die Lederhosen aus ...«

... und dann ziehen wir sie am Freitag selber an.

Luja sog i.

ICH KOMM DIR GLEICH DAHIN, DO!

Doch bei aller Oktoberfestbegeisterung ist der Mensch im Ruhrgebiet natürlich seiner eigenen Sprache verbunden. Gerade im Konfliktfall bleibt es nie beim Hochdeutschen. Und das ist gut so. Wobei es sogar meist besser wäre, wenn Konflikte rein sprachlich blieben. Denn Sprache hat ja was Friedliches. Der Philosoph Walter Benjamin sagte, die Sprache sei letztlich die eigentliche Sphäre der Gewaltlosigkeit. Das stimmt auch. Konflikte, die komplett sprachlich bleiben, führen weit seltener zu Kopfverletzungen. Das Problem dabei ist aber, dass die Sprache oft nur eine Art Übergang zum Nonverbalen darstellt. Das ist im Ruhrgebiet gut zu beobachten. Wir nehmen mal einen beispielhaften Satz aus dem unmittelbaren Grenz- bzw. Übergangsbereich von der sprachlichen Gewaltlosigkeit in die Sphäre der physischen Konfrontationsfreude, nämlich:

»Ich komm dir gleich dahin, do.«

Ein wunderschöner Satz! Und auch ein seltenes grammatikalisches Kunstwerk. Die schönste Anwendung des Dativs, die ich persönlich kenne. Wir fragen mal gemeinsam nach dem Objekt des Satzes:

Wem komm ich gleich dahin, do?
Antwort: Dir.

Hier ist ja die Suche nach physischer Nähe semantisch enthalten. Denn der Sprecher will ja mir dahinkommen. Er will mir also auch räumlich näherrücken, sodass er letzten Endes die Hürde vom Geistigen zum Körperlichen überwinden kann. Er ist mir dahingekommen, und ich kriege ein paar auf die Mappe. Diesen Satz habe ich schon oft gehört. Gerade in meiner Jugend wurden viele Leute des Mir-Dahinkommens nimmer müde. Und so habe ich mittlerweile angefangen, auf den Satz »Ich komm dir gleich dahin, do!« mit der einzig sinnvollen Erwiderung zu antworten, die es darauf geben kann, und zwar:

»Wenn Sie mir jetzt eh schon duzen, kannz du mir auch ruhig dahinkommen. Ich kann dich aber nich versprechen, dass ich dir auch hierbleibe, do!«

So lässt sich übrigens auch die Wartezeit zwischen sprachlichem Frieden und physischem Gewalterlebnis bei manchen Menschen erheblich abkürzen.

Ist empirisch erwiesen, do!

INTEGRATION UND POMMES FRITES

Da ist es doch viel besser, wenn Sprache eher eine integrierende Funktion hat. Dafür ist die Ruhrgebietssprache nämlich auch bestens geeignet. Folgendes habe ich in einer Pizzeria in Bottrop selbst erlebt. Ich saß dort und wartete auf meine Nudeln. Am Nebentisch saßen mehrere Männer ganz unterschiedlicher Nationalitäten, die sich angeregt unterhielten. Und völlig unvermittelt schmetterte einer von ihnen folgenden wunderschönen Satz in den Raum: »Nehmen wir doch mal so 'nen Chinesen, nehmen wir mal den Gerd.«

Das machte mich neugierig! Gerd, der Bottroper Chinese. Wie mag der so sein? Ich begann, zu spekulieren. Vielleicht hat er ein Chinarestaurant in Bottrop? *Bei Gerd.* Oder *Gerds acht Schätze des Shaolin.* Oder vielleicht sogar *Dem Gerd seine acht Schätze.* Wahrscheinlich hat er typische Ruhrgebietshobbys: Sparclubauszahlung, Tauben züchten und auf Schalke gehen. Und wenn er auf Schalke ankommt, dann rufen alle: »Gerd, alter Chinese, du auch ma widder hier? Benno, bring ma 'nen Bier für den Gerd mit.« Und Benno, der Afghane, holt dann fünf Bier. So habe ich mir das vorgestellt. Wunderbar!

In dem Moment hörte ich auf einmal in der Pizzeria am Nebentisch jemanden sagen: »Mensch, da isser ja, der Gerd! Wie isset?«

Und mitten im Raum stand ein Chinese mit seiner chinesischen Frau und einem Kind. Der Gerd, wie er leibt und lebt. Das Kind futterte Pommes aus einer wahrscheinlich holländischen Frittentüte. Gelebte Integration im Ruhrgebiet. Und was sagte der Gerd? Er sprach die wahrscheinlich chinesischste Begrüßung aus, die man je im Ruhrgebiet gehört hat, nämlich: »Scheißwetter, wa?!?«

Ich habe mich direkt an einem Tortellino verschluckt (Original-Word-Grammatikkorrektur). Tatsächlich! Das war der bottropigste Chinese, den man sich vorstellen konnte. Und ich durfte ihn live erleben.

Und seine Frau machte es perfekt. Sie drehte sich zu ihrem Sohn um und sagte: »Gib mir auma 'ne Pommes.« Das Kind nahm einen einzelnen Pommo (eigene Grammatikkorrektur) aus der Tüte und reichte ihn der Mutter. Die biss hinein, machte ein angewidertes Gesicht und sprach: »Bäh! Wo hasse die denn her?«

Das Kind antwortete: »Von Onkel Manfred.«

Aber das meine ich gar nicht. Ich meine vielmehr den nächsten Satz, ausgesprochen von der chinesischen Mutter gegenüber ihrem Kind. Ein Satz, der zeigt, dass diese Familie nicht nur die bestintegrierte chinesische Familie Bottrops ist, sondern wahrscheinlich des ganzen Reviers. Die Frau nahm ihrem Sohn die Pommestüte aus der Hand und sprach laut und für alle vernehmlich:

»Die schmeißen wir weg und sagen: War lecker!«

Was soll man dazu sagen?

Diese Familie ist wirklich zu hundert Prozent im Ruhrgebiet angekommen.

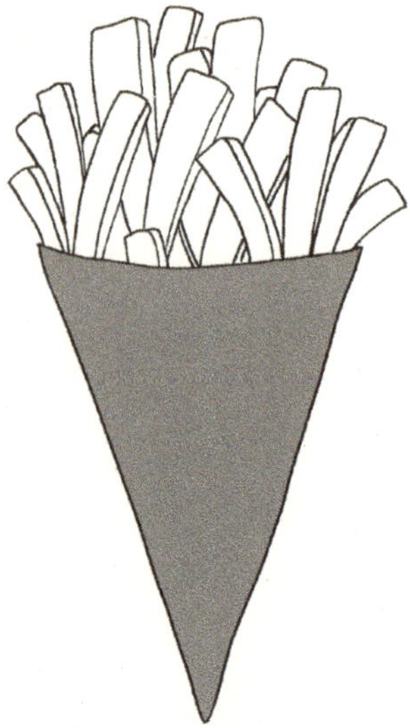

Die schmeißen wir weg
und sagen: War lecker!

Eine Herbstbeschäftigung mancher Leute ist es, das Haus zum Thema Halloween zu schmücken. Halloween füllt die dekofreie Lücke zwischen Oktoberfest und Weihnachtsmarkt und ist gleichzeitig der Tag, an dem viele ältere Leute die Süßwarensammelaktionen der Nachbarskinder sinnvollerweise dazu nutzen, ihre eigenen Süßigkeitenschränke auszumisten. Uralte, ungenießbare, antiquarische Duplos, Snickers und Hanutas werden dann den Kindern in die Mampfbeutel geworfen, und man selbst trinkt dazu lachend einen Eckes-Edelkirsch nach dem anderen. Ich selbst beteilige mich daran aber nicht. Ich kriege häufig sogar nicht mal mit, wann Halloween ist. Und wenn, dann meist zu spät …

SPUKEN UND SPAREN

Als ich den Real-Markt betrete, schiebt ein verfaulter Zombie einen Kinderwagen an mir vorbei und fährt mich fast um. Aus dem Kinderwagen schleudert mir irgendetwas einen fiesen, grünen Auswurf entgegen und brüllt mit tiefer Männerstimme: »Wir brauchen noch Lätta und Maggi, Silke.« Angewidert gucke ich in den Kinderwagen. Darin liegt ein erbsgrün geschminkter Männerkopf mit Schnurrbart. Als er mich sieht, schreit er: »Gehirn! Gehirn!«

Ich sage: »Guten Tag. Was machen Sie denn da Schönes?«

Der Zombie antwortet für den grünen Kopf: »Haben Sie denn das Schild nicht gelesen?«

»Nee«, sage ich. »Wird hier irgendwo vor Ihnen gewarnt?«

Der Zombie schüttelt den Kopf und verliert dabei ein halbes Ohr.

»Nein. Natürlich nicht. Heute ist doch Halloween. Da gibt's bei Real ›Spuken und sparen‹ – 10 Prozent für alle, die gruselig verkleidet sind.«

»Gehirn! Gehirn!«, ruft der Kopf im Kinderwagen – ein durchaus berechtigter Wunsch, wie ich finde.

»Das ist mein Mann«, sagt der Zombie. »Er versteckt seinen Körper und die Beine unten im Wagen. Raffiniert, oder?«

Ich sage »Hm«, denke mir aber etwas viel Längeres und wische mühsam den grünen Schleim von meinem Hemd. Vom Frischkäseregal winkt uns ein Werwolf im Real-Supermarktkittel mit einem Fotoapparat zu sich herüber. »Hey, ihr da! Der dicke Hobbit und der Zombie. Kommt mal her, wir machen ein Foto.«

Schmollend verstecke ich mich hinter einem Gewürzregal. »Der dicke Hobbit!« Ich glaub, ich spinne. Sicher, ich bin kein Athlet. Aber ein *Hobbit*? Vorsorglich streiche ich die Nutella von meiner Einkaufsliste. Wie kann man überhaupt annehmen, dass ich mich hier für läppische zehn Prozent Rabatt verkleiden würde?

Auf der anderen Seite: Zehn Prozent sind zehn Prozent.

Ich ziehe meine Schuhe aus. Und die Socken. Dann kremple ich mir die Hose hoch. Und – was soll ich sagen. Der Kittelwerwolf hat recht: Ich bin Bilbo Beutlin. In diesem Moment schiebt mir der Zombie den Kinderwagen über die Füße. Und was auch immer der grünköpfige Ehemann an Körper unten im Wagen verstecken mag, es muss sehr schwer sein. Ich schreie »AUUUUUU, AUUUU, AU...enland« und hüpfe schmerzerfüllt eine Zeit lang auf dem anderen Fuß herum.

»Das ist ja super!«, ruft der Werwolf. »Er macht sogar den Hobbit-Tanz.«

»Ja«, sage ich. »Gelernt ist gelernt.« Dann humple ich in Richtung Elektroabteilung. Dort sehe ich eine Reihe von bebrillten Vampiren, die sich gerade mit Druckerpatronen eindecken. Diese Blutsauger-BWL-Bachelor-Heinis. Den ganzen Tag im Sarg im Home-Office hocken und dann abends raus und beim Real die Druckertinte wegschlürfen. Ich wende mich angewidert ab und setze mich neben eine Tiefkühltruhe, um meinen Fuß mit einer Packung Vanilleeis zu kühlen, als ich von oben eine furchteinflößende Stimme höre: »Das Eis wird aber gekauft, Kollege. Das legst du nicht zurück!«

Ich gucke hoch. Vor mir steht ein muskulöser Mann in einer schweren Motorradkutte. Er hat Pranken wie Pizzateller und Schultern wie ein Schlachter, der die Rinder noch aus 15 Metern Entfernung von Hand auf die Haken wirft. Irgendwie kommt er mir bekannt vor. Ich vermute, ich habe ihn schon mal in einer Fernsehdoku über die Hells Angels gesehen. Kurz gesagt: Er ist die mit Abstand furchterregendste Erscheinung im kompletten Real-Markt, obwohl er als Einziger (außer vielleicht mir) nicht verkleidet ist. Zudem scheint er nichts von der Aktion »Spuken und sparen« zu wissen. Neben ihm steht ein muskelbepackter Hund, der den Eindruck macht, als hätte er heute schon mehrere wie mich verspeist, aber trotzdem noch Hunger.

Ich stehe auf und sage etwas Unüberlegtes: »Sind Sie öfter hier? Sie kommen mir so bekannt vor.«

Hund und Herrchen fletschen die Zähne. »Wieso? Willst du mich anbaggern, du Fußexhibitionist? Ist das hier so 'ne Art Treffpunkt für Typen wie dich oder was? Findest du das nicht eklig, hier mit deinen nackten Käsemauken rumzuspringen, wo andere Leute ihre Lätta kaufen?«

In diesem Moment kommt der Real-Wolf mit dem Werkittel und dem Fotoapparat um die Ecke und brüllt: »Das ist ja perfekt! Der dicke Hobbit und sein Leder-Uschi-Freund von den Bandidos! Ihr kommt auf die Titelseite vom Kundenmagazin! Und dann auch noch der hässliche Hund dabei, mehr Spuk geht nicht! Hahaha.«

Ich versuche, dem Werwolf anzuzeigen, dass er besser ein paar Gänge zurückschalten soll. Aber offenbar wurde hier heute auch Likör an die Mitarbeiter verteilt. Der Werwolf stupst den Höllenengel in den Bauch. »Wo haste denn die abgeranzte Joppe her, Kollege? Vom *Village-People*-Revival-Store? Mannmannmann. Du siehst ja echt zum Fürchten aus. Da kann kein Zombie gegen anstinken.«

Es folgen zwei fürchterliche Minuten Schweigen.

Ich ziehe schnell meine Socken und Schuhe an, weil ich meine Fluchtfähigkeit verbessern möchte. Aber der Höllenengel hält mich fest. Seine Pranke fühlt sich so an, wie Dolph Lundgren guckt.

Er sagt nichts außer: »Filialleiter. Sofort.« Und zwar mit einer Bedrohlichkeit in der Stimme, die selbst den angesoffenen Werwolf kapieren lässt, dass hier gerade was nicht ganz rund läuft. Er geht los, um den Filialleiter zu holen.

Der ist glücklicherweise nüchtern. »Wie kann ich Ihnen weiterhelfen?«, fragt er den vor Wut kochenden und sicher nur durch eine mehrjährige Bewährungsstrafe im Zaum gehaltenen Motorradrocker.

»Der Mann hat mich beleidigt. 50 Prozent Rabatt, oder ich komme mit meinen Freunden in einer halben Stunde wieder.« Während er das sagt, zerquetscht er eine rohe Kartoffel wie Raimund Harmstorf in *Der Seewolf*.

Den Filialleiter überzeugt schon der Tonfall. »Ja, aber natürlich«, besänftigt er den Kriminellen. »Wir freuen uns, Ihnen einen Rabatt für ganz besondere Kunden einräumen zu können. Und wir würden Ihnen gerne sogar 60 Prozent einräumen, wenn Sie sich in Zukunft für eine andere Real-Filiale entscheiden könnten.«

»70«, fordert der Rocker. Der Filialleiter schluckt. »Okay. 70 Prozent und ein Rindersteak für den werten Vierbeiner.«

»Und was bekomme ich?«, frage ich hoffnungsvoll.

Der Filialleiter guckt mich von oben herab an. »Sie? Sie bekommen natürlich nichts. Sie sind ja nicht mal verkleidet.« Immerhin. Endlich hat's mal einer kapiert hier.

Draußen auf dem Parkplatz treffe ich den Hells Angel und seinen Hund wieder.

»Du brauchst 'ne bessere Methode«, lacht der Rocker und zieht sich die Kutte aus. »Mach dir wenigstens ma 'n paar spitze Öhrchen dran. So kriegst du ja nicht mal 10 Prozent.«

Er kichert und pellt sich die künstlichen Tätowierungen von seinen Armen. Dann setzt er sich eine Brille auf, und ich erkenne ihn. Natürlich kam der mir bekannt vor. Von der Bücherei. Das ist der große Typ, der immer an der Information sitzt und die DVDs auszeichnet.

»Wie? *Sie* sind das?!?«, frage ich entgeistert.

»Ja, sicher«, sagt der Bibliotheksmitarbeiter und pult sich die falschen Zähne aus dem Mund. »Spuken und sparen! Ich hab heute schon fünf Real-Filialen besucht. Unter 50 Prozent Rabatt gehen Futzi und ich aus so 'nem Laden nicht raus.«

Dann steigt er ins Auto und fährt mit seinem Hund und einem nagelneuen Riesenfernseher weg. Die zerquetschte Kartoffel lässt er auf dem Parkplatz liegen. Ich gehe hin und hebe sie auf. Natürlich. Gekocht und selbst mitgebracht. Dieser abgezockte Betrüger! Eine kostümierte Vampir-Omi kommt aus dem Supermarkt und drückt mir ein Zweieurostück in die Hand. »Hier, kleiner Hobbit«, sagt sie. »Kauf dir mal was zu essen. Heute musst du nicht die alten Kartoffeln aufsammeln.«

Ich bedanke mich und gehe nach Hause. Eigentlich bin ich sogar ganz zufrieden. Zwei Euro, das sind fast zehn Prozent von meinem kompletten heutigen Einkauf.

Apropos gruselige Kostümierungen: Im November beginnt natürlich auch die Karnevalszeit. Im Rheinland wird am 11.11. aus Oktoberfest Karneval und aus Sinn Frohsinn. In diese Stimmung passt das folgende Gedischt *(Rheinisch für »Gedicht«, beziehungsweise im Ruhrgebiet: »Lürrick« = Poesie). Es vertritt die typisch rheinische These, dass die Welt besser wäre, wenn alle Menschen so wären wie man selbst. Oder eben wie die* Höhner. *Alaaf und Helau!*

ALLE MENSCHEN WERDEN HÖHNER

Die Welt wäre beträchtlich schöner,
wär'n alle Menschen wie die Höhner.
Wir trügen Schnurrbart, Frau wie Mann.
Wir sängen: Wenn nisch jetz, wann dann?
Wir nähmen alles nich mehr so schwer.
Hauptsache, der Sultan hätt keen Dosch mehr.
Uns scherte kein Geschrei ums Klima.
Wir wär'n dabei (und das wär' prima).
Mir hätte Hetz und lecker Mädsche
(mit Schnurrbart), würd'n in jedem Städtsche
Blootwoosch an die Penz verkaufen,
die Kölsch schon in der Kita saufen
und Schnurrbart tragen, bevor sie laufen.
Was wär'n wir für'n fideler Haufen!

Die Musik wär' halb kölsch, halb irisch.
Die Stimmung wäre trotzdem tierisch.
Lindner, Merkel, Söder, Stoiber
sängen »Isch bön önne Röiber«,
während sie sich die Bärte zwirbeln
und tinwhistlend durchs Wahlvolk wirbeln.

Ach, wären wir nur wie die Höhner!
Nix würd' man hören als kölsche Tön mehr.
Und lautstark würd' man den verhöhn', der
keine Blootwoosch mach. Und Plön wär'

genau wie Köln, und jede Rhön wär'
so wie der Rhein, na, und dann krön' wer
Henning Krautmacher zum Könisch!

Und Honig hieße nur noch Höhnisch.
Ach, was wer das Leben schön. Isch
wünschte, wir wär'n wie die Höhner,
Chinöhsen und Ameriköhner,
Schwöhden und die Italiöhner,
Pöhlen, Rössen, Ukraöhner,
alle Dänen wären Döhner,
und Schnurrbart trügen die Japöhner!
Die Welt wäre beträchtlich schöner,
wär'n alle Menschen wie die Höhner!

Es gibt ja Hobbyköche, die in der Herbstzeit nichts lieber tun, als saisonal zu kochen, um so ihre Freunde mit einer Vielzahl von Kürbisgerichten zu vergraulen. Denn Kürbisravioli, Kürbisquiche, Kürbisrisotto, Kürbissuppe und Kürbissalat sind ja deutlich gruseliger, als wenn man einfach ein Gesicht in den Hokkaido schnitzt und ihn als Dekoration aufstellt. Kein Wunder, dass manche Menschen da lieber zum Telefon greifen und sich was beim lokalen Pizzataxi bestellen.

SIE SITZEN, WIR FLITZEN

»Hallo, guten Tag, ich würde gern bei Ihnen was zu essen bestellen. Zum Liefern, bitte.«

»Ja?«

»Ja. Also, wir hätten gern einmal die 35, einmal die 70b, einmal die 8, einmal die 14 und einmal die …«

»Das ist bei mir nicht die 14.«

»Wie, das ist bei Ihnen nicht die 14?«

»Ja, die 14. Die ist bei mir nicht die 14.«

»Ja, was ist die 14 bei Ihnen denn dann?«

»Die 9.«

»Die 9 ist die 14?«

»Ja.«

»Und da sind Sie sich ganz sicher? Ich meine, Sie haben mich ja nicht mal gefragt, was die 14 so ist.«

»Muss ich ja auch nicht. Weiß ich ja.«

»Ja, dann sagen Sie doch mal, was die 14 ist.«

»Die 9.«

»Nein, so habe ich das nicht gemeint. Ich meine, welches Gericht …«

»Welches Gericht haben Sie denn gewollt?«

»Die 14. Nudeln mit Gorgonzolasoße.«

»Rigatoni Gorgonzola?«

»Ja.«

»Mit Schinken-Spinat-Soße?«

»Ja.«

»Käse überbacken?«

»Ja.«

»Und drei Pizzabrötchen inklusive?«

»Ja.«

»Das ist die 9.«

»Ja, hier steht aber 14.«

»Ist aber die 9.«

»Haben Sie das geändert oder was?«

»Neue Speisekarte.«

»Ach so. Ja, okay. Und die 35? Ist die 35 denn noch die 35?«

»Was ist denn die 35?«

»Pizza Francesco.«

»Die gibt's nicht mehr.«

»Wieso?«

»Wegen Francesco.«

»Wieso? Hat der die geklaut?«

»Nein. Gekündigt.«

»Francesco hat gekündigt?«

»Ja.«

»Und darum gibt's jetzt die Pizza Francesco auch nicht mehr? Salami, Schinken, Artischocken, Pilze? Dieses Geheimrezept hat Francesco mitgenommen?«

»Pizza Francesco heißt jetzt Pizza Lorenzo.«

»Und wer ist Lorenzo?«

»Sie wollen's aber genau wissen, was?«

»Ja, eigentlich nicht, aber …«

»Lorenzo ist der Sohn von Alessandro. Alessandro ist der beste Freund von Luca. Luca macht die Theke. Und Alessandro ist mein Sohn, also ist Lorenzo auch mein Enkel. Also ist die Pizza Francesco jetzt Pizza Lorenzo.«

»Okay, verstanden. Und welche Nummer hat dann die neue Pizza Lorenzo, vormals Pizza Francesco?«

»35.«

»Aber das ist ja dieselbe Nummer!«

»Klar. Sonst kommen die Leute auch durcheinander.«

»Also gut. Alles klar. Dann würde ich jetzt gern bestellen – noch mal von vorne: einmal die 35, bitte – Pizza Lorenzo, früher Francesco, einmal die 70b, einmal die 8, einmal die 9, früher 14. Und einmal die 100.«

»Was war denn noch mal die 100?«

»Wie, das wissen Sie nicht?«

»Nein.«

»Haben Sie keinen Prospekt?«

»Nein. Ich mach das alles aus dem Gedächtnis. Wir haben ja eine neue Speisekarte.«

»Ja, dann ... dann holen Sie sich doch mal eine davon ans Telefon.«

»Das geht nicht.«

»Wieso? Sind Sie nicht in der Pizzeria, oder was?«

»Genau.«

»Wo sind Sie denn?!?«

»Zu Hause.«

»Sie sind zu Hause?«

»Ja. Wir haben eine Rufumleitung.«

»Und was ist mit meiner Bestellung? Wo geht die dann hin?«

»Ich rufe Alessandro an, Alessandro ruft Marco an, Marco ruft Luca an, Luca macht heute die Theke und gibt den Zettel dem Koch.«

»Ach ja. Logisch. ABER WARUM?!?«

»Per SMS hat das nicht so gut funktioniert.«

Nein. Ich meine, warum ... sind Sie denn zu Hause?«

»Ich passe auf Lorenzo auf, weil Alessandro heute arbeiten muss. Außerdem telefoniere ich auch die anderen Hotlines.«

»Bitte?«

»Wir haben noch einen Feinkostladen und eine Künstleragentur.«

»Ach so, haha, ja, dann hätte ich gerne einmal die 35, die 70b, die 8, die 9, die 100 und den Kindergeburtstagsclown Pippolino.«

»Das geht nicht.«

»Wieso?«

»Francesco hat gekündigt.«

»Hören Sie mal, können Sie jetzt bitte meine Bestellung aufnehmen und dann an wen auch immer weiterleiten?«

»Keine Sorge. Alles aufgeschrieben, ich muss nur noch ... oh, oh. Oh, Lorenzo. Oh. Lorenzo. Warum weinst du? Das Kind weint.«

»Ja, das höre ich.«

»Ohhh. Er hat in die Windeln gemacht. Ohhh. Opa kommt schon. Opa macht sauber. Bububu. Babubububu. Babubububu. Jetzt lacht er! Er lacht!«

»Der hat Humor.«

»Ja. Ich muss das jetzt hier machen. Können Sie bei Alessandro anrufen? Sagen Sie ihm, Moment, ich hab's aufgeschrieben, ah hier, einmal die 35, einmal die 70b, einmal die 8, einmal die 9 und die 100. Er ruft dann Marco an.«

»Und der ruft Luca an, oder?«

»Ja. Sie kennen sich aus. Die Nummer ist 54384, ah, nein, Moment, die 54384 ist ja nicht mehr die 54384, da kommen Sie wieder bei mir aus. Das ist die Künstleragentur. Rufen Sie die 54389 an. Dann kriegen Sie Alessandro. Aber liefern geht heute nicht, weil Giuseppa, das ist Lucas Frau, heute Abend singen muss. Sie müssen selbst abholen.«

»Ach so. Na ja, von mir aus. Okay. Sind ja nur 15 Minuten Fahrt.«

»Nur 15 Minuten?«

»Äh. Ja. Wir wohnen nicht so weit weg.«

»Tun Sie mir 'nen Gefallen?«

»Worum geht's?«

»Können Sie einmal für mich die 14 mitbestellen und auf dem Rückweg hier vorbeibringen? Schreinerstraße. Ich hab so großen Hunger.«

»Noch was?«

»Ja. Kleinen Moment. Ich habe von Giuseppa einen Zettel bekommen. Den soll ich vorlesen. Augenblick. Oh. Ohh. Ohh. Lorenzo. Nicht weinen. Bubu-bu. Babububu. Opa kommt mit Pampers-Windel. Oh. Lorenzo. Bubububu ... Hier ist der Zettel. Den soll ich lesen. Hören Sie?«

»Ja. Sie haben meine volle Aufmerksamkeit.«

»Also: Dieser Anruf kostet 50 Cent aus dem deutschen Festnetz, Mobilfunktelefonate weichen im Preis massiv von den Festnetztarifen ab.«

»Was?!? Ich glaub's nicht! Ich glaub's nicht ...«

»Telefonieren Sie mit dem Handy?«

»Ja. Natürlich!«

»Dann rufen sie Alessandro lieber mit Festnetz an. Der ist nicht so flott wie ich. Und bitte für mich die 14. Aber nicht die alte 14, das ist die 9. Für mich bitte die neue 14, das ist die alte 43. Das Geld gebe ich Ihnen.«

»Ach, wissen Sie was? Ich glaube, ich telefoniere gar nicht. Ich fahre direkt zur Pizzeria und bestelle da an der Theke bei Luca.«

»Ehrlich? Das würde ich nicht machen.«

»Wieso?«

»Anrufen geht doch viel schneller.«

GUT BERATEN

Wenn man sich bei der Kündigung seines Telefonanschlusses nicht darum kümmert, dass man die alte Festnetznummer behalten kann, dann bekommt man eine neue. Das ist für die allermeisten Menschen eine Binsenweisheit. Und ich weiß das jetzt auch. Denn wir haben eine neue Telefonnummer. Es ist die 0208 für Oberhausen und dann die 220 50 50. Das fand ich ja erst mal gut. Kann man sich gut merken, die Nummer. Nicht so wie die alte. Die musste ich mir erst langwierig über schwierige Merksätze erarbeiten: »Die sieben Zwerge minus einer gehen vier Mal zum Geburtstag von Ursula von der Leyen und bringen ihr 12 Mark in Euro.« Bis ich diesen Satz auswendig gelernt hatte, war schon das Smartphone erfunden. Und die Handyflatrate. Und seitdem habe ich ihn nie wieder gebraucht. Ich weiß auch gar nicht mehr, was der Satz genau bedeutet. Bei meinen Interpretationsversuchen komme ich immer nur bis zur 6 (sieben Zwerge minus einer). Das Geburtsdatum der ehemaligen Verteidigungsministerin muss ich mir dann schon wieder mit dem Handy mühsam ergoogeln. Wenn mein Handy mal kaputtgeht, kenne ich nur noch die Nummer meiner Mutter. Und die vom Pizzataxi. Meine Freundin kann ich dann zum Beispiel nicht mehr anrufen, denn ihre Handynummer hat mehr als 6 Ziffern. »Elvis Presley trifft Wolfgang Schäuble (plus 4) in Bochum (alte Postleitzahl).« Auf diesen Satz wäre ich dann angewiesen. Ohne Handy. Das ist mir *einmal* passiert. Ich musste dann beim Pizzataxi anrufen und nach dem Geburtstag von Wolfgang Schäuble fragen. Meine Mutter hatte schon aufgelegt, nachdem ich ihr bloß den Satz vorgelesen hatte.

Also – kurz gesagt: Eine einfache Telefonnummer ist für mich eigentlich ein Geschenk. Aber nicht diese Nummer! Denn seit wir diese Nummer haben, rufen nachts ab 1 Uhr Menschen an, die uns Fragen stellen wie: »Ich bin Vogelbeobachter und verkleide mich mit einem Federkostüm als Uhu und klettere auf eine Platane. Das erregt mich, aber nicht in Bezug auf meine Frau, sondern auf Kohlmeisen und andere Vögel. Ist das normal?«

Was soll man da antworten? Um zwanzig nach eins? Ich entscheide mich für das Vernünftigste und sage: »Ich reiche Sie mal an meine Freundin weiter.« Dann warte ich ab und höre vom Kopfkissen nebenan Folgendes: »Hallo? Ja. Was haben Sie? Ja, ich verstehe. Sitzen Sie im Moment auch auf einem Baum? Ja? Dann halten Sie sich mit beiden Händen gut fest und beobachten Sie sich selbst. Dann kriegen Sie das schon raus. Tschüss.« Sie legt auf.

»Was war das denn?«, frage ich.

»Die einfachste Lösung«, sagt sie. »Wenn er sich mit beiden Händen festhält, dann fällt er nicht runter und kann nicht mehr telefonieren.«

Meine Freundin ist die Schlauere von uns beiden. Hilft aber trotzdem nichts. In der nächsten Dreiviertelstunde rufen weitere fünfzehn Personen an, die entweder Liebeskummer haben, von nie gehörten sexuellen Perversionen berichten können, ihre politische Meinung kundtun wollen oder einfach nur mal so anrufen, weil ihnen um 1:45 Uhr gerade danach ist.

Am nächsten Tag melde ich mich bei der 1&1-Kundenhotline. Der dortige Mitarbeiter freut sich sehr, dass unser neuer Anschluss so gut funktioniert. Er verspricht aber, sich zu informieren. Nach einer halben Stunde ruft er wieder an: »Es tut mir leid, Herr Reuter. Aber es ist da ein kleiner Umleitungsfehler passiert. Ihre Vorwahl wurde intern bei der Telekom verwechselt, sodass wir da jetzt nicht die 0208 draufgeschaltet haben, sondern versehentlich die 0800. Und jetzt wird's ein kleines bisschen ulkig. Hihihi.«

Er kichert so, wie ich mir ein betrunkenes Frettchen vorstelle, das einen Herrenwitz erzählt. »Herr Reuter! Erkennen Sie die Nummer? 0 8 0 0 2 20 50 50?« Ich überlege. »Schalke 04 geht doppelt aufs WC im Februar und teilt eine Kiste Köpi halbe-halbe.« Das geht mir durch den Kopf. Aber sonst nix. Das Frettchen explodiert fast vor Freude: »Das ist die Nummer vom Domian. Mensch, Herr Reuter. Die alte Nummer von der Radio- und Fernsehsendung *Domian*. Die Hotline, bei der man seine Probleme vorstellen konnte, um in die Show zu kommen. Kennen Sie die denn nicht?«

»Nee«, sage ich. »Woher kennen *Sie* die denn?«

Das Frettchen fühlt sich ertappt und verstellt die Stimme: »So was kennt man doch«, brummt es zwei Oktaven tiefer. »Das kennt doch jeder. Ich stell Sie mal lieber schnell durch zum technischen Support. Tschöhöß.«

Der Techniker erklärt mir, dass man da jetzt nix machen könne. Das wäre Sache der Telekom, und die würden sich nicht rühren. Er könne die Telefonnummer nur komplett abschalten. Dann hätten wir aber auch kein Internet mehr, und ich könne selbst nicht mehr telefonieren. Ich lehne ab.

In der folgenden Nacht rufen über vierzig Personen an, die sich unter anderem bei Erkältungskrankheiten selbst durch den Verzehr von Lego-Steinen kurieren, jetzt aber unter Magenbeschwerden leiden, Menschen, die versehentlich im Körper eines Ökobauern geboren wurden, aber seit Jahren innerlich eigentlich als Politesse leben, solche, die aus dem Aquarium ihrer Büronachbarin in deren Abwesenheit die lebenden Fische essen und sich wundern, dass sie von den

Arbeitskollegen gemieden werden, und andere, die der Überzeugung sind, dass es sich bei Wladimir Putin und Donald Trump um ein und dieselbe Person handelt. Und da bin ich mir selbst nicht so ganz sicher. Außerdem meldet sich der Ornithologe vom Vortag noch mal, um sich bei meiner Freundin zu bedanken. Er sei sich in seiner Selbstbeobachtung derart nahgekommen, dass er darüber nachdenkt, den Baum in der nächsten Woche zu verlassen. Dann hören wir, wie er vom Ast stürzt, weil er sich nicht richtig festgehalten hat. Wir rufen einen Krankenwagen, wissen aber nicht, zu welchem Baum.

Aber wir haben auch Beratungserfolge. Das spornt uns an. Dem Lego-Schlucker empfehlen wir, nur noch Einer und Zweier und keine komplett zusammengebauten Teile oder Duplo-Steine mehr zu verspeisen. Die Politesse im Körper des Landwirts vermitteln wir an einen masochistischen Taxifahrer, den es erregt, unter dem Scheibenwischer teure Strafzettel vorzufinden.

Nur für die Aquarienfischfresserin haben wir keine richtige Lösung parat. Aber so langsam kriegen wir den Dreh raus. Und ich muss sogar ehrlich zugeben, dass es mit der Zeit motiviert, wenn man helfen kann. Kein Wunder, dass Domian das jahrelang nachts gemacht hat. Oft sitzen wir jetzt schon um 0:15 Uhr erwartungsfroh mit dem Hörer in der Hand im Bett und warten auf Kundschaft. Und es werden ständig mehr Telefonate. Der Bedarf ist riesengroß.

Einmal ruft sogar das Frettchen von der 1&1-Hotline bei uns an und erzählt mir mit verstellter Stimme, dass er manchmal mit Absicht die Neuanschlüsse falsch verbindet, weil er auf diese Art und Weise Kontakt zu anderen Menschen sucht. Ich erkenne ihn aber sofort wieder und bekomme dafür fünf Monate DSL umsonst. Und die Nummer behalten wir. Wir können eh vor zwei Uhr nicht mehr einschlafen.

Für die richtig schweren Fälle haben wir jetzt sogar einen

Profi an der Hand. Denn vor zwei Tagen schellte das Telefon zum ersten Mal nachmittags. Ich ging ran. Es meldete sich eine vertraute Stimme: »Hallo? Ist da irgendjemand dran?«

»Ja«, sagte ich. »Wer ist denn da?«

»Hier ist Jürgen Domian. Ich war nur neugierig. Ich wollte mal ausprobieren, ob meine alte Telefonnummer noch funktioniert.«

Ich brachte ihn auf den neuesten Stand. Er war begeistert. »Ich wollte ja eigentlich selber gerne weitermachen, aber immer das lange Aufbleiben und so, das schlaucht schon«, sagte er.

Ich fragte ihn, was man jemandem rät, der die Fische aus dem Aquarium mampft.

»Ach, das ist die Brigitte. Sag ihr einfach, sie soll sich ein paar Guppys im Trinkbecher ins Büro mitnehmen. Das ist nicht so teuer und lenkt sie ab.«

Einundzwanzig Jahre Erfahrung. Das merkt man dann schon. Wir haben beschlossen, in Kontakt zu bleiben. Jürgen fehlt der Job ein bisschen, und wir haben manchmal Fälle, bei denen wir nicht weiterwissen. Dann rufen wir ihn an. »Aber nicht vor elf Uhr morgens!«, ruft Jürgen. Früher werden wir eh nicht mehr wach.

Und so hat Jürgen Domian es doch irgendwie geschafft, den Beratungsbedarf der deutschen Bevölkerung weiter zu decken. Er hat zwar Ende 2016 aufgehört. Aber seit Anfang 2019 hat er im Ruhrgebiet zwei richtig gute Anrufbeantworter sitzen. Rufen Sie ihn ruhig mal an. Wir geben all Ihre Probleme mit Freuden an ihn weiter. Auf Wiederhören!

UNTERMIETER

Da, wo bei uns früher die Post war, ist jetzt ein Sanitätshaus eingezogen. Und da, wo früher die Tanzschule war, ist jetzt eine Kampfkunstschule. Ich glaube, daran kann man irgendetwas ablesen. Denn das geht so weiter. Die Post wiederum ist als Untermieter in einen Handyladen eingezogen. Der Handyladen ist in die Sparkasse gezogen, denn die Sparkasse ist ausgezogen, hat aber ein paar Geldautomaten zurückgelassen, um den Eindruck zu erwecken, dass sie noch da ist. Das hat die Sparkasse sich von Hunden abgeguckt. Hunde hinterlassen ja auch an jeder Ecke etwas Kleines, damit man weiß, dass sie noch da sind. Politiker machen das auch. In jedem Interview hinterlässt Horst Seehofer etwas Kleines, damit man weiß, dass er noch da ist. Ich finde das bei Hunden aber nicht so schlimm. Da, wo früher das Fitnesscenter war, ist jetzt ein Rehasportstudio eingezogen, das sich die Räume mit einem mobilen Pflegedienst teilt. Im ehemaligen Autohaus ist jetzt ein Büfettchinarestaurant. Im ehemaligen Plus, respektive Netto, ist jetzt ein Büfettchinarestaurant, neben einem Büfettchinarestaurant, das sich im ehemaligen Praktiker-Baumarkt befindet, weil der Dönermann, der jetzt seit Kurzem Mongole ist, gemerkt hat, dass das indisch-griechisch-türkische Büfett nicht mehr so gut läuft. Daher hat er jetzt auch ein chinesisch-mongolisches Büfett im ehemaligen Praktiker-Baumarkt. Das Schild hat er hängen lassen: »Zwanzig Prozent auf alles. Außer Tiernahrung.« Das passt irgendwie immer noch. In der ehemaligen Shell-Tankstelle ist jetzt auch ein

Büfettchinarestaurant. In der ehemaligen Videothek ist jetzt ein Büfettchinarestaurant. Im ehemaligen Fliesen- und Badewannen-Outletcenter ist jetzt ein ... nein, hätte man denken können, aber da ist jetzt ein Laminat-Teppich-Outletcenter, das sich aber direkt *in der Nähe* eines Büfettchinarestaurants befindet, das in die alten Räume des Laminat-Teppich-Outletcenters eingezogen ist, denn das hat sich vergrößert und verkauft jetzt auch Klick-Vinylparkett.

In der Fußgängerzone hat ein neuer Ein-Euro-Shop aufgemacht, daneben hat noch ein Ein-Euro-Shop aufgemacht, neben einem Ein-Euro-Shop, der wiederum schräg gegenüber von einem Ein-Euro-Shop liegt, der sich in der ersten Etage über einem Ein-Euro-Shop befindet. Bald kann man für fünf Euro die komplette Innenstadt kaufen. Oder dort parken. Das ist genauso teuer. Da muss man sich dann entscheiden: entweder alles kaufen oder eine halbe Stunde das Auto abstellen. Oder beides. Kostet aber das doppelte. Oder man ist Leistungssprinter und schafft alles in fünfzehn Minuten. Für fünfzehn Minuten gibt es in vielen deutschen Innenstädten die sogenannte Brötchentaste. In dieser Zeit kann man frei parken, bis zum Bäcker rennen, dort in der Schlange alle einmal begrüßen und muss dann wieder zurück. Ein häufiger Irrglaube ist es nämlich, dass der Begriff »Brötchen« im Wort »Brötchentaste« die Zeit beschreibt, die ein Mensch braucht, um Brötchen zu kaufen. Das ist völlig falsch! Es geht dabei in Wahrheit um die Zeit, die eine Politesse benötigt, um noch schnell ein Brötchen zu essen, bevor sie dir einen Strafzettel schreibt. Das sind so knapp vierzehn Minuten. Eine Minute braucht sie für den Strafzettel. Wenn du zurückkommst, ohne Brötchen, hat sie dann alles schon fertig.

Der Bäcker ist jetzt übrigens ein Paketshop. Der Metzger ist auch ein Paketshop. Der Getränkemarkt ist auch ein Paketshop. Der Paketshop ist aber kein Paketshop mehr, denn die Post ist ja weg. Da ist ja jetzt das Sanitätshaus drin. Und die haben keinen

Paketshop, weil sie zu viel zu tun haben. Man kann sagen, das Geschäft mit Krücken läuft. Da rollen Rubel und Rollator. Und die Post ist ja sowieso auch schon seit Längerem im Handyladen. Und der ist übrigens auch ein Paketshop. Hat aber keinen Parkplatz. Nicht mal für fünf Euro. Auch keine Brötchentaste. Das ist ja auch logisch. Is ja 'n Handyladen. Eine Handytaste gibt's noch nicht. Ist aber auch egal, denn es gibt ja auch keinen Parkplatz. Darum muss man die Pakete von der Post aus dem Handyladen raus zu Fuß nach Hause tragen. Aber nicht fallen lassen! Das ist wichtig. Jedenfalls nicht auf den Fuß. Sonst muss man direkt wieder vom Handyladen zum Sanitätshaus. In die frühere Post. Neben dem Reha-Pflegedienst-Zentrum im ehemaligen Fitnessstudio jetzt beim chinesischen Büfettrestaurant im ehemaligen Autohaus. Da gibt's dann einen Vorderfußentlastungsschuh. Oder 'nen Rollstuhl, je nachdem, wie schwer das Paket war. Aber nur mit Rezept. Das Rezept gibt's beim Orthopäden, aber der hat keinen Termin. Der Orthopäde hat erst in acht Jahren wieder einen Termin. Und da will er vielleicht selber die Praxis verlassen, um seine Familie mal wieder zu sehen. Kann man verstehen. Ist aber auch noch lange hin. Vielleicht zieht er ja vorher auch um. Zum Beispiel in den Ein-Euro-Laden. Das wär' doch mal was. Wenn die Post und die Paketdienste schon überall zur Untermiete einziehen, dann können das doch andere auch mal machen. Dann zieht der Orthopäde in den Ein-Euro-Shop. Könnt' der doch machen. Dann ist der Ein-Euro-Orthopäde und verschreibt Krücken to go. Passt doch super. Oder er zieht ins Büfettchinarestaurant im ehemaligen Praktiker-Baumarkt. Hat er direkt Mittagessen. Ente süß-sauer. Lecker! Und Platz ist da auch. Die Räume teilt er sich dann mit dem Pflegedienst. Im Büfettchinarestaurant vom ehemaligen Dönermann, der jetzt auch Mongole ist. Nah am Kunden, nah am Büfett. Das ist das Motto der Zukunft. Und die Sparkasse zieht dann ins Rehapflegedienstzentrum ein. Und dann zieht der Paketdienst in die Sparkasse. Also mittendrin im Rehapflegedienstzentrum im Büfettrestaurant vom chinesisch-mongolischen Dönermann neben den Ein-Euro-Orthopäden und den Rehapflegedienst im ehemaligen Praktiker-Baumarkt beim Handyladenpaketshop hinter der Kampfkunstschule in der Tanzschule im Laminat-Teppich-Outletcenter. Und wer dann da noch durchblickt, für den drücke ich freiwillig zwei Stunden lang alle fünfzehn Minuten auf die Brötchentaste. Versprochen!

Nicht lang nach Halloween sind viele Leute schon wieder im Dekofieber. Jetzt wird es Zeit, sich auf den Sankt-Martins-Zug vorzubereiten. Dabei ist es nicht erlaubt, einfach den alten Gruselkürbis als Laterne zu recyceln, denn beide Festtage haben ja ganz unterschiedliche Zielsetzungen: Wo den Kindern an Halloween die Effektivität von Schutzgelderpressungen (»Süßes oder Saures«) nähergebracht wird, dreht sich an Sankt Martin alles um Spendenbereitschaft. Dabei rottet man sich in großen Gruppen zusammen und zieht los, um in den Abendstunden ungestraft Lieder auf der Straße zu grölen. Darum freuen sich die meisten Bettler auch anstelle eines halben Mantels eher über ein schönes Paar Ohrenstöpsel.

SANKT-MARTINS-ZUG IM VORORT

Sankt-Martins-Zug im Vorort,
Erich-Kästner-Schule, Parkplatz West,
alles hupt und flucht,
weil man die Kinder vor dem Tor aussteigen lässt.

Und zwar genau davor.
Kein Kind darf alleine mehr als fünf Meter gehen,
denn das wär' ja zu gefährlich,
darum muss man vor dem Schultor Schlange stehen.

Fünfundneunzig Wagen
voll mit Eltern, die gelaunt sind wie der Hulk,
und auf dem Rücksitz 'ne Laterne,
und daneben sitzt das mies gelaunte Balg

und schreit: »Ich will jetzt meine Brezel!«
Aber Mami sagt: »Die ist doch mit Gluten.
Und das darfst du nicht. Da, guck mal, Paul!
Da vorne kann man den Sankt Martin seh'n.«

Aber Paul trommelt lieber
mit den Fäusten auf dem Fahrersitz herum.
Das lenkt den Papi ab, und aus Versehen
lenkt er verkehrt,
und so fährt er das Pferd

mitsamt dem Sankt Martin um.
Rabimmel, rabammel, rabummel, rabimmel, rabimmel, rabammel, rabumm.

Das Pferd ist unversehrt,
doch der Sankt Martin muss zum Arzt mit Kreuzbandriss,
und jeder hat gesehen,
dass Pauls Vater der Verantwortliche is.

Darum muss der jetzt den Sankt Martin machen,
das wird hier vom Elternrat bestimmt,
dessen Vorsitz hat Pauls Mutter,
die befiehlt, dass er den Riesengaul erklimmt.

Seine Höhenangst ignoriert man,
und so fängt der Martinszug dann endlich an:
vorne das Pferd und dann die Kinder
und die Lehrer und Eltern hintendran.

Und die Kinder singen Lieder,
und der Spielmannszug macht uff-tamtam.
Nur der Sankt Martin hat sich winselnd
auf dem Pferd festgekrallt,
und sein Jammern erschallt
lauter als alle zusamm':

Rabummel, rabimmel, rabammel, rabummel, rabummel, rabimmel, rabamm.

Weil der Hausmeister
die Strecke des Sankt-Martins-Zugs alleine geplant hat,
ist das Motto dieses Mal
»Singend durch Problemviertel der Stadt«.

Das macht den Kindern richtig Spaß,
nur die Eltern laufen ängstlich hinterher,
denn im Dunkeln auf der Straße
waren viele hier seit Jahren schon nicht mehr.

Herr Schulz flüstert Frau Dötsch zu:
»Wir werden hier heute alle noch verhauen.«
Und dann gibt's Panik,
denn Frau Häuser deutet wild gestikulierend auf den Zaun

und brüllt: »Da! Ein fieser Clown
mit spitzen Zähnen und 'nem Fratzengesicht!«
Doch das ist dann nur Frau Löbbert:
Musik und Kunst und Töpferunterricht.

Aber das Pferd hat sich erschreckt
und galoppiert, als wollt's wer mit 'nem Beil vertrimm',
wie auf Ecstasy in den sozialen Brennpunkt rein
und alle Kinder hinterdrein,
und den Sankt Martin hört man schrei'n,
worüber sich die Kinder freu'n.

Denn ist das Herz auch noch so klein,
es passt doch Schadenfreude rein.
Man lädt auch fremde Kinder ein,
um bei dem Spaß dabei zu sein;

ob schwarz, ob weiß, ob arm, ob reich,
heut sind hier alle Kinder gleich;
hier stört nicht Nationalität
den Geist der Solidarität,
denn alle Kids von fünf bis zehn
wollen das »Sankt-Martins-Opfer« seh'n.

So blendend, wie sie sich verstehen,
ist alles andere halb so schlimm.
Rabammel, rabummel, rabimmel, rabammel, rabammel, rabummel, rabimm.

Und den Eltern bietet sich dann noch ein Bild
  wie von der Leinwand:
Ein paar Obdachlose sitzen bei den Kindern und dem Pferd,
und der Sankt Martin hockt dazwischen
  und trinkt aus 'ner Flasche Weinbrand,
und das Feuer brennt im Mülleimer
  und riecht wie frisch geteert.

Und der Sankt Martin trägt den Mantel
  von 'nem obdachlosen Rapper,
der ehrlich sagt: »Normal schlag ich so'n Wichser,
  der mich weckt, zusamm',
aber der Typ war so am Arsch
  und lag da heulend auf dem Klepper,
da hab ich ihm gesagt, er kann die Bomberjacke ham.

Und jetzt verpisst ruch, ihr Idioten!
  Besser schnell mal ab nach Hause,
dieses Viertel ist hier echt 'n bisschen hart für eure Haut,
das taugt nicht für 'ne Mami-Papi-Pony-Pinkelpause,
also haut ab,
  bevor man euch hier noch die Spießerhandys klaut.«

Gesagt, getan.

Zurück zur Erich-Kästner-Schule
fährt der Martinszug dann mit dem Bus:
vorne die Lehrer, dann die Kinder, dann die Eltern,
der Sankt Martin ganz am Schluss.

Nur Frau Löbbert reitet fröhlich
mit dem Pferdchen noch 'ne Runde ums Eck,
und jeder, der sie sieht,
rennt schreiend voller Schrecken vor ihr weg,

und Pauls Vater grölt in Bomberjacke
und besoffen auf dem Parkplatz rum,
und sein Sohn darf ganz alleine
bis zum Auto geh'n
und kriegt 'ne Brezel mit Gluten,
und seine Mutter bleibt trotzdem stumm.

Rabimmel, rabammel, rabummel, rabimmel, rabimmel, rabammel, rabumm.
Rabimmel, rabammel, rabummel, rabimmel, rabimmel, rabammel, rabumm.

ADVENTSKALENDER IM HERBST

Es ist Anfang November, und auf einer Bank in der Innenstadt sitzen eine Oma und ihr Enkel neben einer großen Media-Markt-Tüte. Beide haben einen Adventskalender in der Hand und essen daraus die Schokolade auf. Ich frage: »Dürfen Sie denn die Türchen schon vorher aufmachen?«

Darauf die Oma: »Wir mögen unsere Schokolade lieber frisch. Wer sind Sie denn? Die Adventskalenderpolizei oder was?«

Der Enkel lacht, öffnet das Türchen Nummer 10 und isst ein Stück Nougat. »Das ist schon unser zweiter«, strahlt er über das ganze Gesicht. »Den ersten haben wir Anfang Oktober gemampft. Der war mit Ü-Eiern.«

»Ja, und was macht ihr dann im Dezember?«, frage ich.

»Das ist ja das Beste!«, antwortet die Oma, greift in die Elektrodiscountertasche und zeigt mir ein Folienschweißgerät. »Dann schweißen wir die ganzen Dinger wieder ein und tauschen die um, weil nix drin ist.« Selten war mir Kriminalität so sympathisch.

»Ja, und dann? Esst ihr dann genauso viel Schokolade noch mal?«

»Nee!«, triumphiert der Enkel. »Die umgetauschten Kalender verschenken wir immer.«

Robin Hood und Little John mit dem Folienschweißgerät in Oberhausen. Wer hätte das gedacht? »Aber ist das nicht ganz schön umständlich?«, frage ich. »Ich meine, Folie kaufen, einschweißen, Kalender umtauschen ...«

»Klar«, sagt die Oma. »Aber wir haben Spaß und Vorfreude auf die Adventszeit!« Und der Enkel bestätigt: »Ich freu mich da schon seit dem Sommer drauf.«

Dann macht er das Türchen Nummer 11 auf und gibt mir ein Snickers. Ich setze mich dazu und mampfe mit. Warum auch nicht? Ist ja für 'nen guten Zweck. Dann gehe ich in den Mediamarkt und sehe mir mal ganz in Ruhe das dortige Angebot an Folienschweißgeräten an.

WINTER

Der Winter steht bei vielen ganz im Zeichen der Weihnachtszeit. Im Monat Dezember wird einiges verschenkt. Oft gibt es auch selbst gemachte Geschenke. Und dazu lässt sich eins ganz klar sagen: Selbst gemachte Geschenke können (!) schön sein – wenn sie von einem Karosseriebauer oder Goldschmied stammen.

Aber gerade in der Adventszeit werden ja auch solche Menschen kreativ, die aus guten Gründen schon im Grundschultöpferunterricht früher immer nur Igel oder Kerzenhalter machen durften, weil die nicht so kompliziert sind wie 'ne Tasse. Diese Igel werden dann im späteren Leben den Mitmenschen mit selbst gebastelten Geschenken heimgezahlt. Vor allem ist es eine Problematik, wenn Männer beginnen zu basteln. Das zeigt auch der nächste Text, das Klagelied einer Ehefrau, gerichtet an ihren Mann am 1. Dezember: »Du hast die Socken vom Sockenadventskalender nicht gewaschen.« Klingt ein bisschen eklig. Isses aber auch.

SOCKENADVENTSKALENDER

Du hast die Socken
vom Sockenadventskalender nicht gewaschen.
Ich kann das beweisen,
denn die Nummer 24 hattest du gestern noch an.
Und jetzt soll ich die Schokonikoläuse
aus den alten Stinkemauken naschen.
Nicht zu fassen, worauf ein Mann ohne Hilfe kommen kann.

Man sagt,
wenn man was schenkt, dass das von Herzen kommen soll,
doch von Herzen ist was anderes als vom Fuß.
Gebrauchte Socken macht man nicht
mit Weihnachtsplätzchen voll,
und schon gar nicht mit Parfüm oder Dessous.
Ich glaub's nicht!

Ist das da ein Wunderbaum in Socke Nummer neun?
Hast du im Ernst gedacht, dass das noch etwas bringt?
Welche Ehefrau der Welt soll sich beim Frühstück drüber freu'n,
wenn ihr Kalender wie ein Taxifußraum stinkt?

Du hast die Socken
vom Sockenadventskalender nicht gewaschen,
und die müffeln an der Schnur
wie nach 'ner Pyrenäenwanderung.

Und jetzt sagst du, das wär' selbst gemacht,
und du wollt'st mich zum Frühstück überraschen.
Eins steht fest, mein Freund: Das ist dir auch gelungen.

Es gibt Geschenke,
die man nicht über den Esszimmertisch hängt,
auch ganz unabhängig von ihrem Geruch,
weil so 'ne Baumwollsocke
schnell mal am Adventskranz Feuer fängt,
und dann wird's teuer durch 'nen Feuerwehrbesuch.

Die löscht dann den Adventskranz, den Kalender und den Tisch,
die Vorhänge, die Couch, das ganze Haus,
und jetzt steht alles unter Wasser,
doch es riecht auch wieder frisch,
und die Socken sahen nie so sauber aus.

Du hast die Socken
  vom Sockenadventskalender nicht gewaschen,
und jetzt ist alles überschwemmt, was soll's:
  Beim Basteln zählen Wille und Idee.
Nur bitte, eins noch, falls du planst,
mich auch im nächsten Jahr zu überraschen,

dann flechte mir ein Makramee,
bau mir 'n Schwein aus Pappmaschee,
töpf're mir 'nen Glühweinkelch,
  schnitz aus Holz 'nen Weihnachtselch,
bastel 'ne Kastanienmaus, knet 'nen Fimonikolaus,
mach 'nen Origamizoo, back ein Salzteigschild fürs Klo,
oder schreiner mir von mir aus eine Herzchengartenbank,

aber lass die alten Socken im Wäscheschrank!

Aber nicht nur selbst gemachte Geschenke werden in der Adventszeit verpackt, sondern auch unzählige andere Produkte, die sinnvoll oder weniger sinnvoll sein können. Von einem Gerät der zweiten Kategorie handelt der folgende Text.

DUALIT CLASSIC NEWGEN VARIO 2

»Geld macht nicht glücklich,
es beruhigt nur die Nerven,
und man muss es schon besitzen,
um's zum Fenster rauszuwerfen.«
(Rio Reiser)

Ich besitze einen Toaster. Der Toaster kostete 14,40 Euro. Damit ist mein Toaster eher im unteren Preissegment anzusiedeln. Trotzdem toastet er einwandfrei. An dem Gerät ist nichts auszusetzen. Aber was soll an einem Toaster auch aussetzbar sein? Ein Toaster macht Brot kross. Damit ist der Aufgabenbereich des Toasters im Grunde abschließend definiert.

Außer Brot-kross-Machen muss er nichts können. Nun gibt es aber noch einen anderen Toaster, nämlich den Dualit Classic NewGen Vario 2 Metallic Anthrazit.

Dieser Toaster kostet tatsächlich 299,00 Euro, also knapp zwanzig Mal so viel wie mein eben beschriebener Toaster. Und er hat, so die Produktbeschreibung, eine »Brotscheibenzentrierung« und eine »Auftaufunktion«. Nicht schlecht, aber trotzdem jetzt auch nicht so weit entfernt von dem, was ich bei anderen Toastern schon beobachten durfte. Also stellt sich die Frage: Warum gibt es den Dualit Classic NewGen Vario 2 Metallic Anthrazit?

Und dazu ist meine bescheidene Vermutung die folgende:

Es muss irgendwann bei sehr wohlhabenden Menschen einen Punkt geben, ab dem es schwieriger wird, den eigenen Reichtum, sagen wir mal, wieder loszuwerden. Irgendwann ist vielleicht alles gekauft. Und es ist nichts mehr übrig, was man noch anschaffen könnte. Und dann sitzt die reiche Familie traurig um den Tisch herum, und keiner hat mehr 'ne Idee. Die Kaffeemaschine kann schon alles, wurde einige Male durch eine neue, noch weit größere Kaffeemaschine ersetzt. Es wurde zwischenzeitlich vielleicht ein eigenes Kaffeemaschinenzimmer von fünfundzwanzig Quadratmetern ins Leben gerufen plus Trinkzimmer mit Keksschrank und Tassen. Alles, was man bei der Einrichtung aus Edelmaterialien hatte machen können, ist abgefrühstückt. Die Zeitschriften »Mein schöner Garten«, »Schöner Wohnen«, »Innenarchitektur heute« und »Bunte« haben Fotoreportagen über das Anwesen geschrieben. Die Villa hat eine Gästetoilette mehr als die von Günther Jauch. Und dann macht sich eine Leere breit. Was soll man tun? Keiner hat mehr eine Idee. Die Nerven liegen blank.

»Vielleicht könnte man ja mal Champagner in den Pool füllen?«, schlägt die Gattin vor.

»Das hatten wir schon«, sagt der Unternehmer.

»Ja. Stimmt. Und wenn wir noch mal 'nen Monat diese Céline Dion hier auftreten lassen?«

»Nee, also – komm, tut mir leid. Ich kann mir dieses Geschrei nich wieder anhören.«

»Ja, dann nicht. Aber was sollen wir denn sonst machen?«

»Ja. Pfff ...«

»Ja, pfff – ich brauch kein neues Kleid.«

»Tja. Vielleicht ein Diadem?«

»Nein, auch nicht. Der Diademspeicher ist voll. Ich krieg die Tür nur noch ganz schlecht zu.«

»Und wenn du dich noch mal liften lässt?«

»Was soll ich mich schon wieder liften lassen? Das ist doch ungerecht. Lass du dich doch selbst mal liften.«

»Ich hab ja überhaupt keine Falten.«

»Weil du so dick bist. Wenn man einen Wasserball aufpumpt, dann hat der auch keine Falten.«

»Ach, jetzt hör doch mal auf. Mannmannmann. Irgendwie muss man es sich doch gut gehen lassen.«

»Ja. Irgendwie muss man es sich doch gut gehen lassen.«

»Aber wie?«

Und mit dieser schwierigen Frage sitzen sie dann in der Küche. Die Tochter weigert sich, sich noch ein weiteres Pferd schenken zu lassen, und der Sohn nimmt den Standpunkt ein, dass vier Kartbahnen reichen. Was tun?

Ich gebe übrigens zu, dass ich hier ein etwas, ich möchte mal sagen, klischeehaftes Bild reicher Leute beschreibe, aber es scheint zumindest nicht völlig abwegig zu sein, denn die Firma Dualit kann davon leben.

Zumal plötzlich in diesem Moment in der Küche der Toastervertreter erscheint und im Lichte eines Scheinwerferspots den Dualit Classic NewGen Vario 2 Metallic Anthrazit mit all seinen Vorzügen präsentiert. Und ich sage dazu nur zwei Worte: »Brotscheibenzentrierung« und »Auftaufunktion«. Und der steinreiche Unternehmer lächelt, holt das Portemonnaie heraus, lehnt sich beruhigt zurück und sagt: »Ich nehme zwei. Einen für mich und einen für meine Frau.« Und alles ist im Lot. Vermeintlich. Denn (und das macht der Mann sich zu diesem Zeitpunkt gar nicht bewusst) mit dem Dualit Classic NewGen Vario 2 Metallic Anthrazit hat er letzten Endes wirklich das einzige Ding der Welt gekauft, das er noch nicht im Besitz hatte. Und zwar zwei Mal. Und ab diesem Zeitpunkt beruhigt ihn sein Geld nicht mehr. Er ist fortwährend mit einem Gefühl innerer Unausgeglichenheit konfrontiert und weiß nicht, was er machen soll.

Und dieser Moment, in dem der Unternehmer feststellt, dass Geld nicht nur nicht glücklich macht, sondern auch die Nerven nicht mehr beruhigt, ist der, in dem er im besten Fall seinen Sinn fürs Soziale oder für die Umwelt entdeckt und eine Stiftung gründet. Das geschieht meist exakt eine Woche, nachdem die Firma UPS zwei Pakete mit der Aufschrift »Dualit Classic NewGen Vario 2 (Metallic Anthrazit)« an die Stiftungsgründer ausgeliefert hat. Denn wenn man zur Weihnachtszeit die Frage »Was sollen wir uns schenken?« mit dem verzweifelten Wort »Luxustoaster« beantworten muss, wird klar, dass man Teile seines Vermögens abgeben sollte. Und das ist tatsächlich die einzige Sinnhaftigkeit, die ich mir bei einem Dreihundert-Euro-Toaster mit Abtau- und Zentrierfunktion vorstellen kann.

An Musikschulen ist die Adventszeit die Zeit der Weihnachtslieder. Der Heilige Abend naht und damit der Tag, an dem die Verwandten einen Nachweis darüber verlangen, was aus dem im Vorjahr verschenkten Keyboard so geworden ist. Aus eigener Erfahrung kann ich dazu sagen: Diese Motivation reicht zum Üben nicht aus. Das zeigt auch die nächste Geschichte, deren Handlung vor knapp fünfzehn Jahren spielt. Denn zu dieser Zeit war ich selbst Keyboardlehrer an einer Musikschule im Ruhrgebiet und in neunundneunzig Prozent aller Fälle der Einzige im Raum, der mit Handyklingeltönen musikalisch so überhaupt nix anfangen konnte.

DER BESOFFENE ELCH

»Können wir den besoffenen Elch spielen?«

»Nein.«

»Aber der is total witzig.«

»Ja, meinetwegen. Aber wir spielen ja nun mal momentan Weihnachtslieder.«

»Der Elch trägt auch 'ne Weihnachtsmütze.«

»Das ist nicht dasselbe. Hier, guckt mal: ›Stille Nacht‹ – das is doch super.«

»Bäähh, bääääh, würg.«

»Das kennt aber jeder.«

»Den besoffenen Elch kennt auch jeder.«

»Was singt der denn so?«, fragte ich einigermaßen interessiert. Den Elch kannte ich noch nicht. Aber den Frosch. In der letzten Woche hatten mir die beiden Keyboardschüler den Crazy Frog vorgestellt, eine Jamba-Klingelton-Figur, die mittlerweile eine ganze CD aufgenommen hatte. Der Crazy Frog sang unter anderem Titel von Harold Faltermeyer nach, außerdem den Song »Bailando« von *Loona* und eine Coverversion des Titelthemas der Fernsehserie *Dallas*, was für mich alles ein eindeutiger Beweis für seinen therapiebedürftigen Geisteszustand war. Aber der Erfolg gab ihm recht. Der Frosch hatte 2005 dreimal Platin in Neuseeland, zweimal in Portugal, zweimal in Kanada, einmal in Finnland und einmal in Schweden geholt.

Ich hingegen hatte gerade anderthalb Jahre beim Fischimbiss *Nordsee* gearbeitet und dann mangels einer besseren Alternative nach meinem Studium angefangen, Keyboardunterricht zu geben. Das ist ja jetzt auch schon über zehn Jahre her. Den Frosch habe ich danach nie wiedergesehen. Aber wahrscheinlich musste er auch nie wieder arbeiten. So ist das, wenn man mal ’nen Hit hatte. Zum Beispiel Costa Cordalis. Der hatte jahrelang durch den Song »Anita« mehr Geld auf dem Konto als sein kompletter Heimatstaat. Klar, einmal musste er sich auch freiwillig für dieses Dschungelcamp melden. Aber mal ganz ehrlich: Da habe ich den Frosch bisher auch noch nie gesehen. Und wenn, dann hätte der mit dem Verzehr von Insekten überhaupt keine Probleme, crazy oder nicht, das wär’ dem ganz egal.

2005 war der Frosch jedenfalls gerade neu. Und der besoffene Elch offenbar auch. Und ich wurde mir mehr und mehr bewusst, dass sich das Tätigkeitsfeld des Musiklehrers seit meiner eigenen Unterrichtszeit ein wenig verändert hatte.

»Das is schlecht zu verstehen, was der Elch da singt. Weil der ist ja besoffen. Außerdem kann der eigentlich gar nicht sooo gut singen.« Logisch, dachte ich mir. Als Elch. Da hat man ja auch andere Voraussetzungen als zum Beispiel ’ne Amsel.

»Aber wieso wollt ihr das Lied denn dann überhaupt spielen?«

»Weil ich das auf meinem Handy hab.«

»Ja, aber dann hast du das ja schon. Dann brauchst du das ja nicht auch noch zusätzlich zu spielen.« Ich argumentierte etwas unbedacht in den Unterrichtsraum rein.

»Ja. Genau das sagen wir ja die ganze Zeit.« Die beiden triumphierten. »Überall gibt’s CDs mit Weihnachtsliedern. Warum sollen dann ausgerechnet wir auch noch ›Stille Nacht‹ üben?«

Raffinierte kleine Mistkerle. Hatten sie mich mit dem Elch ausgetrickst. Jetzt stand ich schön da. Rhetorisch matt gesetzt von zwei Neunjährigen.

»Ja, weil ›Stille Nacht‹ eben Kulturgut ist«, sagte ich und schämte mich für diese Aussage in Grund und Boden. Ich war offenbar gerade dabei, tatsächlich ein richtiger Lehrer zu werden. Ein geriatrischer Orgel-Opi ohne jeden Bezug zur Jugend.

Und so hörte ich mich als Nächstes auch noch einen zweiten Satz sagen, von dem ich nicht einmal geahnt hätte, dass meine Sprechwerkzeuge überhaupt in der Lage seien, so was jemals hervorzubringen, nämlich:

»Außerdem ist ›Stille Nacht‹ ein cooles Stück.«

Fassungslos sahen meine Schüler mich an. Ich war selbst fassungslos.

Dann fragte einer der beiden grinsend: »Wie hieß noch mal das Computerspiel?«

Ab da war alles klar. Jetzt hatte ich tatsächlich argumentativ komplett verloren. Da war nix mehr zu machen. Ich hatte den beiden nämlich einmal von einem Lieblingscomputerspiel meiner Jugend erzählt. Und seit diesem Tag wurde mein Geschmack hier ohnehin stark in Zweifel gezogen.

»*Bubble Bobble*«, sagte ich.

»Und was muss man da noch mal machen?«

»Na, man hat halt so ’nen kleinen Drachen. Und der kann so Seifenblasen aus seinem Rachen rausschießen. Und damit bubbelt man die Gegner dann ein ...«

»... bubbelt man die Gegner ein?«

»Ja, so hieß das halt. Man bubbelt also die Gegner ein, und dann muss man da draufspringen, und dann werden die zu Obst.«

»... werden die zu Obst«, sagten die Schüler ernst.

»Ja, zu Bananen, Äpfeln, Weintrauben und so weiter. Ananas brachte am meisten Punkte«, sagte ich.

Und dann lachten die beiden so laut, wie es digitale Eingeborene tun, die zum ersten Mal einen Obstsalat in 2D zu essen bekommen. Aber irgendwo machte sich auch Mitgefühl im Raum breit. Einen armen Kerl wie mich, der seine Kindheit mit peinlichen *Bubble-Bobble*-Seifenblasenspielen verbringen musste, wollte man offenbar nicht komplett hängen lassen.

»Meine Mutter findet ›Stille Nacht‹ auch gut«, räumte der eine Schüler mitfühlend ein. »Ich soll das an Weihnachten eh vorspielen.«

»Alles klar«, sagte ich. »Vielleicht kann ich mir ja auch den besoffenen Elch mal anhören ... Ich kann das ja als Noten aufschreiben oder so.«

Begeisterte Reaktionen.

»Aber heute spielen wir auf jeden Fall noch ›Stille Nacht‹.«

»Okay!«, sagten beide. Ich hatte den Laden hier ganz schön im Griff.

»Kann mir denn einer von euch beiden den Elch als CD mitbringen? Dann muss ich mir das nicht auch noch kaufen.«

»Den gibt's nur auf Handy«, sagten die Schüler. »Wir können dir das aber schicken. Gib mal dein Handy.«

Ich gab es ab. Entsetzt sahen die beiden es an.

»Was ist das denn?!?«

»Mein Handy«, sagte ich.

»Damit geht das nicht.«

»Wieso?«

»Das ist ja mindestens drei Jahre alt. Das spielt keine Videos.«

»Ja, ich denke, der Elch singt auch ...«

»Ja, aber halt im Video. Der is so animiert.«

»Na, dann ...« Ich überlegte. Hier lag gerade ganz offenbar eine pädagogische Chance für mich im Raum. »... dann müssen wir halt warten, bis der Elch auch eine komplette CD rausbringt wie der Frosch. Und bis dahin können wir ja ›Stille Nacht‹ spielen. Und ihr wünscht euch dann die CD vom Elch zu Weihnachten.«

»Na gut ... Aber du wünschst dir dann auch ein neues Handy.«

»Meinetwegen. Ich schreib das direkt heute Abend auf meinen Wunschzettel.«

»Bei Amazon?«, fragten die Schüler.

»Nee, aufm Schreibtisch«, sagte ich.

»Pffff…«, machten die Schüler.

Und gegenseitig übereinander den Kopf schüttelnd spielten wir alle zusammen »Stille Nacht, heilige Nacht«. Und ich drückte tief im Inneren fest die Daumen dafür, dass der Elch zu besoffen sein würde, um bis zum Heiligen Abend noch eine komplette Studio-CD auf die Beine zu stellen.

Bubble Bobble (2D)

HEILIGABEND

Ich habe an sich gar kein schlechtes Verhältnis zum Musikmachen. Grundsätzlich. Musikmachen ist ja erst mal etwas Neutrales. Wie zum Beispiel Autofahren. Das ist auch an sich weder gut noch schlecht. Aber beim Autofahren, da gibt es den Führerschein. Der Führerschein sorgt dafür, dass alle Autofahrer schon vor Fahrtbeginn elementare Grundkenntnisse des Autofahrens mit sich bringen ... sollten.

Das ist ein bisschen idealistisch gedacht, das gebe ich zu. Denn beim Autofahren kommt auch freie, kreative Gestaltung dazu. Viele Autofahrer bringen ja auch viel von ihrer Persönlichkeit in den Straßenverkehr ein. Aber trotzdem, durch den Führerschein sind die Grundlagen des Autofahrens prinzipiell vorhanden. Und das gibt's beim Musikmachen nicht.

Gerade zur Weihnachtszeit und besonders beim Singen. Meine Familie singt seit Jahren an Heiligabend ohne einen hörbaren musikalischen Führerschein. Aber bestens gelaunt! Das ist ja ohnehin eine Tatsache. Schlechter Gesang und gute Laune, das gehört zusammen. Die Leute, die am furchtbarsten singen, sind oft am besten gestimmt, zum Beispiel bei Chorkonzerten. Da gibt es immer mindestens einen im Raum, der mit Begeisterung am lautesten singt, dabei aber nicht einen einzigen Ton trifft. Und wenn, dann nur zufällig. So wie man zufällig in der Innenstadt von München einen alten Bekannten trifft. Und nach dem Konzert gehen dann alle anderen Chormitglieder ganz verschämt raus und machen ein langes Gesicht nach dem anderen. Nur einer, der kommt in bester Stimmung ins Foyer und brüllt: »Na, das war ma wieder 'n Mendelssohn-Bartholdy heute. Hoioioi. Aber vom Feinsten!«

Gut gestimmt und dissonant, das geht beim Singen Hand in Hand. Auch bei uns. Und damit komme ich grundsätzlich klar. Erst mal bin ich ja selber keine Amsel, und zum anderen treten wir ja auch nicht damit auf. Wir sind ja nicht die *Kelly Family*, sondern die Reuters. Dafür bin ich meinen Eltern auch an jedem Tag des Jahres dankbar. Aber ich bin immerhin der Pianist der Gruppe, und ein bisschen Anspruch habe ich auch. Was mich zum Beispiel wahnsinnig macht, ist, wenn ein Lied für ein Gespräch unterbrochen wird. Mittendrin. Irgendwo. Wenn wir beispielsweise »O, Tannenbaum« singen, dann geht das so: Ich sitze am Keyboard und zähle ein:

»1, 2, 3, 1, 2 ...
O Tannenbaum. O Tannenbaum,
wie grün sind deine Blätter.
O Tannenbaum. O Tannenbaum,
wie grün sind deine Blätter.
Du grünst nicht nur zur Sommerz...«

Und dann sagt meine Mutter: »Bei mir steht aber: ›Wie treu sind deine Blätter.‹«

Mittendrin. Einfach so. Nahtloser Übergang zum Gespräch. Die Strophe ist noch nicht zu Ende. Und anstatt dass jetzt alle weitersingen und diesen Einwand dezent übergehen, sagt meine Tante: »Blätter ist ja eh Quatsch. Das ist ja ein Nadelbaum.«

Ich aber sage: »Das Lied ist halt so. Übrigens seit 1615. Und es ist auch noch nicht zu Ende.

1, 2, 3, 1, 2 ...
O Tannenbaum. O Tannenb...«

»Vielleicht ist es ja 'ne Nordmanntanne«, wirft mein Bruder ein. »Die haben ja weichere Nadeln.«

»Aber keine Blätter«, sagt meine Tante.

»Bei mir steht sowieso ›treu‹ und nicht ›grün‹«, sagt meine Mutter.

»Vielleicht is Herbst«, sagt mein Bruder.

Ich zähle noch mal ein: »1, 2, 3, 1, 2 und ...«

... keiner macht mit.

Stattdessen spricht meine Mutter einen Satz aus, der absehbar der Startschuss für weitere Tannenbaumdebatten sein muss, nämlich: »Die Änne hatte den Baum ja immer bis Mariä Lichtmess im Februar stehen.«

»Bis dahin ist der dann auf jeden Fall eher treu als grün«, sagt mein Cousin.

»Will noch jemand Kaffee oder Bier?«, fragt mein Bruder, steht auf und geht. Er verlässt also den Raum. Mitten in der ersten Strophe von »O Tannenbaum« geht er zum Kühlschrank. Ich meine, stellen Sie sich das mal bei 'ner Band vor. Die *Rolling Stones* spielen in irgendeiner Arena »Satisfaction«, der Saal kocht, die Menge grölt. Superstimmung!! Und in diesem Moment steht Charlie Watts auf und sagt: »Die Änne hatte den Baum ja immer bis Mariä Lichtmess im Februar stehen.« Und Mick Jagger geht zum Kühlschrank und holt für alle noch eine Milch. Da wäre aber was los in der Arena!

Bei uns dauert das Gespräch im Wohnzimmer jetzt mittlerweile eine halbe Stunde. Eine volle halbe Stunde inmitten der ersten Strophe von »O Tannenbaum«. Das könnte man bei der GEMA gar nicht bezahlen. Dafür hätten die gar kein Formular.

Zwischendurch wurde auch noch der Baum fotografiert. Dann wurde ein Video vom Baum gedreht und per WhatsApp an alle verschickt. Aber nur an Leute, die sowieso schon im Raum waren. Das ist klar, sonst kriegt das keiner. Dann wurde noch mal Bier geholt. Es wurden Kekse angeboten. Vanilleeis. Dann wurde noch ein Video vom Vanilleeis gedreht. Zur Erinnerung. Das wurde per WhatsApp an alle im Raum verschickt.

Und dann, knapp 55 Minuten nach Beginn der ersten Strophe von »O Tannenbaum«, dreht sich meine Mutter zu mir um und sagt:

»Warum spielst du eigentlich nich weiter?«

Und da lässt meine Kooperationsbereitschaft nach. Ich sage: »Ich habe vergessen, welches Lied das noch mal war. Das liegt zu lang zurück.«

»Ja. Deinen Kopp möchte ich haben«, sagt meine Mutter.

Und dann kommt der Satz, der das Ganze abschließend für mich zusammenfasst, nämlich: »Ein Glück spielst du nur bei uns zu Hause und nicht inner Kirche.«

Eine Unverschämtheit. Dabei hab ich schon mal in ’ner Kirche gespielt. Einmal! Und da war’s gar nicht viel anders als bei uns im Wohnzimmer. Während meines Zivildienstes in einer Kirchengemeinde war bei einer Beerdigung mal der Organist ausgefallen. Und es gab keinen Ersatzmusiker. Und daher kam jemand vom Gemeindeamt zu mir und fragte, ob ich das kann. Ich sagte sofort: »Ja!« Denn ich wusste, dass ich auf diese Weise mindestens eine Stunde nicht den Hof fegen musste. Und so hatte ich den Job.

Ich ging hoch zur Kirchenorgel. Der Gottesdienst hatte schon begonnen. Aber ich stellte oben fest: Ich kann es nicht. Ich hatte vorher nie Kirchenorgel gespielt. Der Unterschied zum Klavier ist aber doch größer, als man erst mal meint. Vor allem in Bezug auf die Noten, die ich alle nicht vom Blatt abspielen konnte. Und so überlegte ich verzweifelt, ob es nicht irgendein geeignetes Stück gab, das ich auswendig konnte. Ich kannte aber nur ein einziges Kirchenlied auswendig. Und das war zugegebenermaßen auch ein Weihnachtslied. Das hab ich dann gespielt:

»Laudato si, o mio signore, laudato si, o mio signore, laudato si, o mio signore…«

Und ich hatte den Eindruck, das kam gut an. Denn aus dem

Augenwinkel heraus konnte ich sehen, wie die Pfarrerin sehr lebhaft zu mir hochwinkte. Darum entwickelte ich Schwung und improvisierte. Ich war nicht zu stoppen. Ein Laudato-si-Solo folgte dem nächsten. Mir fiel sogar die Strophenmelodie wieder ein. Ich zitierte musikalisch »Danke, für diesen guten Morgen« und »Süßer die Glocken nie klingen«.

Und was soll ich sagen? Am Ende war dann doch wieder alles ganz genauso wie bei uns zu Hause im Wohnzimmer. Denn auch dieses Lied durfte ich nicht zu Ende spielen.

Weihnachtslied, unterbrochen

Aber es gibt erheblich problematischere Auftritte, die man in der Weihnachtszeit haben kann. Zum Beispiel wenn man sich beruflich als Weihnachtsmann verkleiden muss. Dazu hier ein Text aus der Reihe »Berufe ohne Zukunft. Heute: Hip-Hop-Weihnachtsmann-Vermittlung«.

LAMETTA-LÄTTA-BROT IM GEWERBEGEBIET

Von draus vom Walter komm ich her ...
Nee, das war jetzt bloß 'ne Schote,
weil der Walter mich halt schickt,
ich bin euer Weihnachtsbote!

Ach, du kennst den Walter gar nicht?
Wie jetzt? Echt nicht? Meine Fresse!
Hat die Weihnachtsmannvermittlung wieder die falsche Adresse
in mein goldenes Buch geschrieben.
Das passiert mir jedes Mal.
Das ist echt nicht übertrieben,
weil bei denen im Büro nur Legastheniker sitzen.
»Überral auf dem Tanenschpizen« –
selbst bei den vier Wörtern bauen die fünf Fehler ein.
Mal ganz ehrlich: Wie kann einer so bescheuert sein?
Is mir echt auch scheißegal jetzt, wenn sich wieder wer beschwert.
Mein Navi is okay, die Adresse war verkehrt.

Ach. Ich hätte bei dem Laden niemals anfangen sollen,
doch ich hab ja mit dem dicken Wagen rumprollen wollen.
Und die fette goldene Kette, und das Mikro wollt' ich auch,
darum steh ich jetzt hier rum mit'm Kissen als Bauch.

Hip-Hop-Weihnachtsmann-Vermittlung!
Die Idee ist schon für'n Eimer.

Dadurch kriegste in der Szene einen Ruf wie Mutter Beimer.
Wer nicht dealen will, muss fühlen,
   und ich brauchte halt Finanzen,
darum muss ich hier zu »Jingle Bells« den Gangnam-Style tanzen.

Ist doch Mist, der falsche Bart! Und das Rentier ist 'ne Kuh.
Ich werd gedisst und zwar hart, man nennt mich Santa Muuuh!
Und dann kommst du an und sagst mir, du weißt nicht, wer Walter
ist, da krieg ich gleich ma 'nen Anfall hier, Alter.
Was heißt da: »Kollege, jetzt bleib auf dem Teppich?«
Ich hab halt die Wut, und wenn ich wütend bin, rapp ich.

Und es sind ja auch nicht bloß die Kuh und das Kissen,
das ganze Drumrum ist von Grund auf beschissen:
Ich hab 'ne Weihnachtsmannkostümierung an, Mann,
und ich frag dich, wer mich da noch ernst nehmen kann.
Ich war ma 'n Gangsta, Kollege, ich war straßenkredibel.
Und jetzt steh ich hier rum mit der goldenen Fibel!
Ich war 'n Pro mit Flow mit 'ner Show wie Cro,
und jetzt mach ich hier bloß noch ho, ho, ho
für Omis idiotische Enkelbagage!
Das ist 'ne Blamage, das bringt mich in Rage!
Scheiß auf die Gage, in die zwölfte Etage
hab ich diesen sauschweren Sack raufgeschleppt,
weil das Pack mir die falsche Adresse whatsappt!
Ich mein, fuck! Wie gesagt, wenn ich ausflipp, dann rapp ich.
Und wenn ich den Sack jetzt nicht auskipp, dann schlepp ich
den gleich auch wieder zwölf Stockwerke runter,
und das macht Santa Claus weder froh noch munter,
darum schütt ich den Rotz gleich vor deiner Tür aus,
wenn du was brauchen kannst, dann nimm es dir raus,
und pack's fürs Fest deinen Lieben ein,
oder stell's meinetwegen bei Ebay rein,

trag's zum Schrottwichteln beim Lotterieverein,
oder schmeiß es im Zoo bei den Bibern rein!
Mir wird heiß, das wird doch kein Fieber sein?
Ich muss mich aus diesem Kostüm befrei'n.

Ich krieg keine Luft, das ist keine Manie.
Mein Hals-Nasen-Ohren-Arzt gibt mir Chemie,
doch die hilft halt nie bei diesem Schietwetter,
ich hab 'ne fiese Allergie gegen Lametta!

Und das Zeug is überall, wo ich hinkomm, isses da.
Ich hab's im Bart, in den Ohren, ich hab Lametta im Haar!
Der Umhang hat hinten 'nen Verschluss mit Klett, da
klebt's wie Kaugummi fest, mein Hund ist voll Lametta,
mein Hund, verdammt noch mal, 'n ganz normaler Irish Setter,
sieht jetzt aus wie'n goldener Pudel und hat alles voll Lametta.
Und ich krieg keine Luft, da hilft keine OP,
ich klinge wie Darth Vader beim Belastungs-EKG,
abends kratze ich fast ab, nachts erstick ich fast im Bett, da
merk ich, die Matratze ist komplett voller Lametta.
Mach den Bass 'n bisschen fetta, ich hab alles voll Lametta,
Ich hab alles voll Lametta, wenn ich mich heut Nacht entblätta,
hab ich sogar unterm Sweater alles voll Lametta.
Scheißegal bei welchem Wetter, fallen Flocken oder Blätter.
Ich hab immer, immer, immer, immer alles voll Lametta!
Ich hab Lametta in der Lätta! Ehrlich!

Ich hab Lametta in der Lätta auf dem Pausenbrot,
und wenn ich das jetzt ess, dann bin ich mausetot!
Bei meiner Allergie ist das 'n Suizid:
Lametta-Lätta-Brot im Gewerbegebiet.

Dann lieg ich hier
vor deiner Tür,
und du musst allen sagen:
»Hier wurd' der Weihnachtsmann
mit seinen eigenen Waffen
geschlagen!
Hohohohoooo!«

Ach, dir fällt gerade ein, die Adresse stimmt doch?
Alter, kein Problem, dein Weihnachtsgruß gilt immer noch.
Der gute Walter schickt dir heut ein kleines Ständchen von mir:
»We wish you a merry christmas!
And a happy new year!«

Weihnachtsbäume haben es aber auch nicht leicht. Wenn ein Weihnachtsbaum in ein deutsches Wohnzimmer möchte, dann muss er sich anstrengen. Teilweise müssen diese Bäume eigene Assessment-Center durchlaufen, um überhaupt in die engere Auswahl fürs Wohnzimmer zu gelangen. Der Wettbewerb ist hart, und so gibt es natürlich auch Bäume, die abgelehnt werden. Von einem solchen Baum handelt die nächste Geschichte. Und natürlich von Familie Krambach aus Bottrop-Batenbrock – einem Ort, den Loriot nur deswegen nicht erfunden hat, weil es ihn schon gibt.

DER BAUMUMTAUSCH

Heinz Krambach fährt zusammen mit seiner Frau Monika in einem grauen Mercedes-Kombi zum Weihnachtsbaumverkäufer. Im Kofferraum des Wagens befindet sich eine von Monika Krambach im Alleingang ein paar Tage zuvor erworbene Tanne, die den hohen Anforderungen des Krambach'schen Weihnachtsfestes nicht entspricht. Das ist aber heute erst nach dem Schmücken aufgefallen, was die Stimmung im Mercedes nicht gerade verbessert.

Monika Krambach: »Chinese hin oder her, der Mann war sehr nett. Er hat mir den Baum sogar bis zum Auto gebracht.«

Heinz Krambach: »Darum geht's ja auch gar nicht, ob der jetzt nett war oder nicht. Nett sind die alle. Das ist die asiatische Fassade. Das ist genau wie beim Essen. Darum haben die ja auch alles im Backteig, damit man das Glutamat von außen nicht sehen kann. Und hinterher ist der Baum dann acht Zentimeter zu kurz.«

M: »Siebeneinhalb. Und der Baum war nicht im Backteig.«

H: »Acht Zentimeter, du Huhn. Ich hab das doch gerade selbst nachgemessen. Die Fußbank ist 21, der Krinner-Baumständer nimmt 2,5 Zentimeter weg, dann kommt der Baum, dann die Weihnachtsbaumspitze mit dem Engel, 14 Zentimeter. Es müssten also exakt 3,5 Zentimeter unter der Holzvertäfelung frei bleiben wie immer. Da sind aber aktuell 11,5 Zentimeter. Und 11,5 minus 3,5 – das sind 8 Zentimeter. Das kann sogar dein Chinese ausrechnen.«

M: »Das ist nicht ›mein Chinese‹. Und der Baum is ja jetzt schon komplett voller Lametta. Ich weiß gar nicht, ob die den überhaupt noch umtauschen.«

H: »Hat der den selber ausgemessen?«

M (genervt): »Ja. Mit dem Zollstock. Er ist sogar extra auf 'ne Leiter gestiegen.«

H: »Wahrscheinlich war schon die Leiter falsch genormt. Das ist doch alles Ching-Chang-Chong-Billigware. Wer geht denn auch zu 'nem chinesischen Baumverkäufer? Das ist wahrscheinlich noch nicht mal 'ne richtige Nordmanntanne, sondern 'n Plagiat. Industriespionage, da sind die ganz groß. Erst spionieren sie alles aus, und dann kopieren sie die Bäume. Man merkt's erst zu Hause, wenn man nachmisst.«

M: »Ja. Und erst nachdem man die Lichterketten schon drangemacht hat. Und das Lametta. Und die Kugeln. Und die Strohsterne. Und die Schleifen. Und die Engel. Und die Äpfel. Und die Nüsse. Und die ...«

H: »Willst du da jetzt den ganzen Tag drauf rumreiten?«

M: »*Du* hast den Baum ja auch nicht wieder abgeschmückt.«

H: »Weil ich verletzt war.«

M: »Weil du dir die Wasserwaage auf den Fuß geschmissen hast. Das ist keine Verletzung. Das ist blanke Idiotie!«

H: »Wenn der Baum von Natur aus gerade gewesen wäre, dann hätten wir gar keine Wasserwaage gebraucht.«

M: »Außerdem haste da schon dran rumgehackt. Ich weiß gar nicht, ob da jetzt noch Garantie drauf ist, auf dem Baum. Wie viel haste da eigentlich abgehackt?«

H: »Das war ganz wenig. Minimal. Bisschen seitlich beigeschnitten, kann man gar nicht sehen.«

M: »Apropos sehen. Kannst du mit der Tanne nach hinten überhaupt irgendwas sehen?«

H: »Ich fahre nach Gefühl. Dieser Wagen ist für mich wie eine zweite Haut.«

Heinz Krambach parkt rückwärts beim Weihnachtsbaumstand ein. Dabei schleift er am Zaun entlang, und es gibt ein Geräusch, als würde der Lack um Hilfe schreien.

M: »Möchtest du ein Pflaster?«

H: »Wofür?«

M: »Für deine zweite Haut.«

Heinz steigt aus und betrachtet fassungslos den Zweieinhalbtausend-Euro-Lackschaden am Kotflügel seines Mercedes. Währenddessen kommt der chinesische Tannenbaumverkäufer verwundert zum Zaun gelaufen.

Monika Krambach: »Hallo Herr Wang, entschuldigen Sie den Krach. Wir fahren heute nach Gefühl.«

Heinz Krambach: »Monika, lass mich mit dem Mann reden. Da muss man die richtige Sprache sprechen. (Zu Herrn Wang:) Wil wolle Noldmanntann zuluckblinge. Del Baum ist zu kulz. El wulde falsch velmessen.«

Herr Wang: »Wat hamse denn da für'n Heini mitgebracht, Frau Krambach? Erst fährt er gegen den Zaun, und dann kann er noch nich ma die Konsonanten richtig aufsagen. Passen Sie auf den auf oder wat?«

M: »Hihihi, ja, in gewisser Weise schon. Das ist mein Mann.«

H: »Wie ›aufpassen‹? Hören Sie mal: Ich verlange sofort einen neuen Baum! Aber zacki zacki. Dieser hier ist exakt acht Zentimeter zu kurz.«

Herr Wang: »Sie wollen den gebrauchten Baum zurückbringen?«

H: »Was heißt hier gebraucht? Wir hatten den ja kaum in der Wohnung.«

Herr Wang: »Ham Sie das Lametta draußen im Kofferraum drangemacht?«

H: »Ach, was. Das war schon vorher. Lametta liegt ja momentan überall in der Luft. Wie Pollen. Ich verlange einen neuen Baum.«

Herr Wang: »Dann muss ich Gerd holen. Chef! Ich hab hier ’nen Typen, der will ’ne gebrauchte Tanne umtauschen! (Zu Krambachs:) Das ist die erste Reklamation in 25 Jahren Asia-Tannenbaumservice.«

Aus einem Bauwagen kommt Gerd, der Bottroper Chinese, auf sie zu. Er ist die Weihnachtsbaumvariante eines Bottroper Gebrauchtwagenhändlers. Und er beginnt das Gespräch mit der chinesischsten Begrüßung, die man je von einem Tannenbaumverkäufer gehört hat, nämlich:

»KÖNNTIHRMADIEFRESSEHALTEN, IHR PICCOLOS? SIMMER HIER AUFFE KIRMES ODER WAT?!? Wat brüllt ihr Heinis meine Bäume an, die verlieren noch die Nadeln. Wang, wat will der Heiopei?«

Wang: »Der Heiopei will eine gebrauchte Nordmanntanne umtauschen.«

Gerd, der Bottroper Chinese: »WAT? Pack mich am Sack wie der Weihnachtsmann, ihr kommt auf Ideen, do.«

Heinz: »Was sind Sie denn für’n Chinese?«

Gerd: »Ein 1A-Chinese, du Daumenlutscher! Komm, zeich ma her dein Baum.«

Heinz: »Da im Kofferraum.«

Gerd: »Oh. Da hasse dir aber ’ne zackige Narbe innen Lack gefräst, wa? Jetz fährsse ’n Harry-Potter-Mercedes. Hahaha! Ist datta der Tannebaum? Der mit dem ganzen Lametta? Wollze den für’n Umtausch ’n bisschen feierlicher machen oder wat?«

Herr Wang: »Er sagt, das Lametta wäre aus der Luft auf den Baum draufgeflogen.«

Gerd: »Ja, sicher! Dat war’n Lamettaschwarm. Dat fliegt im Dezember vom Nordpol hierhin und baut seine Nester inne Nordmanntannen. Und ’n Rudel Weihnachtskugeln rollt no hinterher, do. Kumma, da is sogar no eine.«

M: »Oh. Die ist von uns.«

Gerd: »Ach?!? Sieh ma einer an.«

H: »Die lag vielleicht noch im Kofferraum.«

Gerd: »Jetzt hömma zu, Kollege, verarschen kann ich mich alleine. Un datte da mit deim Hackebeilchen den halben Stamm schon abgekloppt hass, dat hab ich auch gesehen. Aber is ja kein Wunder – du haust dir ja au gern ma 'n Blitz innen Benz. HAHAHA. Komm, lad dat Ding aus. Ich hab 'n gutes Herz. Ich nehm den Baum als Andenken an euch Granaten für mein Bauwagen. Geschmückt isser ja eh schon. Und ihr kricht den da, der ist 15 Zentimeter größer. Musse dir bloß unten noch'n Stück abhacken. Aber bei dir sitzt dat Beilchen ja eh locker. HAHAHA. He! Wang! 任何将他的智力与鸭子联系在一起的人，如果他带着它飞往北 京，就无法相信!!«

Herr Wang: »Hihihihi.«

Monika: »Was hat er gerade gesagt, Herr Wang?«

Herr Wang: »Das ist schlecht zu übersetzen. Aber sagen Sie das niemals zu einem Chinesen.«

Heinz (nimmt den Baum): »Monika, lass den Spinner kichern, wir gehen.«

Gerd: »Momentchen, Kollege.«

Heinz: »Was ist denn jetzt noch?«

Gerd: »Der Spinner muss erst noch das Netz vom Baum abmachen.«

Heinz: »Wie? Das Netz abmachen?!? Und wie krieg ich den dann in den Kofferraum?«

Gerd: »Das ist nicht mein Problem, Herr Krambach. Sie haben Ihre Nordmanntanne ohne Verpackung hierhin gebracht und reklamiert. Beim Asia-Tannenbaumservice wird nur Ware gegen Ware getauscht. Kein Netz bringen. Kein Netz kriegen. Ganz klare Kiste.«

Heinz: »Monika, der macht das wirklich. Der packt den Baum aus. Der packt den echt aus!«

Monika: »Heinz, ich sag dir ja jedes Mal: Man sollte immer die Verpackung aufbewahren.«

Heinz: »Ja, aber doch nicht bei 'nem Baum. Da denkt man doch nicht dran. Wer tauscht denn einen Weihnachtsbaum um?«

Monika: »Das habe ich mich heute auch schon einige Male gefragt.«

Heinz: »Jetzt guck dir das Riesending ma an. Selbst wenn man den schräg hinten reinlegt – der steht ja mindestens 12 Zentimeter über.«

Monika: »Acht Zentimeter. Ich wette, es sind genau acht Zentimeter.«

Heinz: »Hahaha, ich lach mich kaputt. Jetzt hilf mir doch ma mit. Wir lassen einfach den Kofferraum offen und machen die rote Weihnachtsbaumkugel dran. Das ist wie 'ne Fahne.«

Herr Wang: »Und hier ist auch noch Ihr traditioneller Weihnachtsbaumglückskeks. Den gibt's bei jeder Nordmanntanne dazu.«

Monika: »Ach, vielen Dank, Herr Wang. Und Ihnen frohe Weihnachten.«

Wang: »Ihnen auch, Frau Krambach. Kong-Fu-Tse sagt: Die Freude ist überall. Es gilt nur, sie zu entdecken.«

Heinz: »VERDAMMTE SCHEISSE! Jetzt komm ich hier nicht ma mehr richtig an die Schaltung ran!«

Monika: »Ja, und manchmal muss man die Freude ganz lange suchen.«

Gerd: »Und Vorsicht bei der Rückfahrt. Heute ist ganz viel Lametta in der Luft. Machse besser deinen Lamettascheinwerfer an.«

Monika: »Heinz! Das ist der Rückwärtsgang!«

Und rrrrrumms! Zum zweiten Mal an diesem Tag rammt der Krambach'sche Mercedes den Zaun des Tannenbaumstandes. Der Schaden am Wagen liegt jetzt bei circa 4.000 Euro, was dem 85-fachen Preis der umgetauschten Tanne entspricht. Deren Spitze ist bei dem Crash abgebrochen. Das wird den Krambachs aber erst später auffallen, nachdem Heinz den neuen Baum mit der Wasserwaage rechtwinklig ausgerichtet hat.

Und im Glückskeks von Gerds Asia-Tannenbaumservice findet er kurz darauf einen Zettel mit dieser uralten chinesischen Weisheit:

»Erfahrung ist eine teure Schule, aber Narren wollen anderswo nicht lernen.«

Oder, um es mit einem Originalzitat von Gerd, dem Bottroper Chinesen, zu sagen:

»任何将他的智力与鸭子联系在一起的人·
如果他带着它飞往北京·就无法相信«

Aber – sagen Sie das bitte niemals (!) zu einem Chinesen.

Viele Erwachsene schenken sich zur Weihnachtszeit Spielzeug. In den Paketen türmen sich Lego-Artikel, Drei-Fragezeichen- *und* Bibi-Blocksberg-*Tonträger, Carrera-Bahnen und* Star-Wars-*Figuren, mit denen die Kinder nicht spielen dürfen, weil sie der Mama oder dem Papa gehören. Darum hier mal ein Song für alle Eltern, die mehr Spielzeug haben als ihre Kinder.*

WENN DIE MAMA UND DER PAPA AUS DEM HAUS SIND

Der eine hockt schon wieder vorm Computer.
Und es liegt alles voller Spielzeug,
was ihn offenbar nicht stört,
weil er ja Ballerspiele spielt und *Die drei Fragezeichen* hört.
Na, und die andere sitzt vorm Fernseher
und guckt irgend'nen Mist,
der von Disney
und ganz offenbar für Schwachsinnige ist.
Dabei bastelt sie mit'm Stempelspielzeug rosafarbenen Schund,
und dann streiten sich die beiden wieder völlig ohne Grund,
weil seine *Star-Wars*-Sammlung
    irgendwie beim Putzen vom Regal
auf den Boden fiel und Yoda jetzt ein Ohr fehlt.
Scheißegal!

Es ist doch wahr,
    wenn's so weit kommt, dass einen mal so was interessiert,
kann man ja froh sein, wenn man gar nicht erst erwachsen wird.

Das denkt sich Ben und geht zum Spielplatz,
    denn da trifft sich sein Verein.
Der heißt »Kinder mit 'nem Lego-spielenden Elternteil am Bein«.
Und da sitzen sie im Sand rum, und sie tauschen sich mal aus,
denn wenn man Eltern hat,
    dann kommt man sonst ja kaum noch aus dem Haus.

Und alle sind genervt hier, und die kleine Lina flucht:
»Es wird Zeit,
dass sich die Mama ma 'ne eigene Wohnung sucht.

Das Skateboard kann sie mitnehmen und den Papa sowieso
und den Flipper und den Kicker und den ganzen Stofftierzoo,
denn unsere wunderschöne Wohnung
sieht wie'n Spielzeugladen aus,
und der Grund sind meine Eltern, darum müssen die raus!

Denn wenn die Mama und der Papa aus dem Haus sind,
bring ich den Lego-Schrott in'n Keller und hör *Rammstein*,
wann ich will.
Wenn die Mama und der Papa aus dem Haus sind,
leg ich statt Marshmallows
mal ganz normale Schnitzel auf den Grill,

und die ess ich dann mit Speck ohne *Dschungelbuch*-Besteck,
und die ganze Einhorn-Deko-Scheiße schmeiße ich dann weg,
denn wenn die Mama und der Papa aus dem Haus sind,
dann geht die ganze Kinderkacke auf den Müll!
Jo!«

Und dann sagt Ben: »Mein Vater zieht Klamotten an,
womit man ihn nicht mal zum Elternsprechtag schicken kann:
die Hose von Han Solo zum *Batman*-Logo-Shirt.
Andere Kinder haben Väter, und ich hab einen Nerd.

Und als wäre das nicht so schon deprimierend genug,
sagt dann mein Deutschlehrer erfreut,
er hätt' das Laserschwert von Luke
Skywalker zu Haus bei seinen beiden Batmobilen,
und jetzt treffen sich die zwei
am Samstagnachmittag zum Spielen.

Das ist traurig, oder nich?
Meine Eltern erziehe ich.
Und das größte Unrecht auf der Welt:
Dafür kriegen die Schwachmaten auch noch Kindergeld!

Doch wenn die Mama und der Papa aus dem Haus sind,
dann bin ich in unserer Wohnung der Einzige, der spinnt.
Wenn die Mama und der Papa aus dem Haus sind,
kann ich mich endlich mal verhalten wie ein ganz normales Kind,

und dann sing ich und jonglier
  mit Mamas Minnie-Maus-Geschirr,
während ich Papas Lego-Todesstern wie'n Wasserball lackier.

Denn wenn die Mama und der Papa aus dem Haus sind,
gehört die ganze Kinderkacke endlich mir.
Jo!

Ich hab bloß die Befürchtung, das ergibt dann keinen Sinn,
weil ich, wenn Mama und der Papa ausm Haus sind,
wahrscheinlich selber 45 bin.«

WUNSCHERFÜLLUNG

Es ist der Heilige Abend. Und es ist alles so, wie sich Werbespotfilmer den Heiligen Abend vorstellen: sternenklarer Himmel, überall Schnee, zauberhafte Lichter in den Fenstern und mittendrin ein Schlitten, der sich, von Rentieren gezogen, durch die Luft bewegt und in dem tatsächlich der Weihnachtsmann steht, gemeinsam mit seinem Knecht Ruprecht und einem großen Sack, einer Vielzahl von roten Weihnachtsbaumkugeln, vier Hockeyschlägern, einem Tacker und einer Nähmaschine. Und die ganze Welt ist gehüllt in ein Gefühl der Weihnachtlichkeit. Ein lebkuchig-wohlfühlfestliches Zauberzirpen des bald zu erwartenden Glücks liegt in der Luft. Und alles ist voller Vorfreude. Alles mit Ausnahme des Schlitteninnenraums. Dort ist momentan alles voller herber Kritik eines verärgerten Arbeitgebers an der Arbeitsmoral seiner Rentiere, von denen es heute nur insgesamt drei geschafft haben, pünktlich beziehungsweise überhaupt zur Arbeit zu erscheinen. Aber gehen wir vielleicht einfach mal ein kleines bisschen näher ran:

»Man kann eine motivierte Arbeitshaltung eben nicht durch Glühwein ersetzen! Ihr seht doch selbst, wie das hier alles schwankt. Mir wird richtig schlecht. Wie sieht das denn aus, wenn der Weihnachtsmann ins Haus reinkommt und erst mal vor den Kindern auf den Boden reihert? Meint ihr, das ist gut fürs Image, ja? Sichern wir so unsere Arbeitsplätze? Hier: Ich les es euch noch mal aus dem goldenen Buch vor. Da steht wörtlich: ›Der Weihnachtsmann sitzt in einem majestätischen

Schlitten und wird von bis zu zwölf Rentieren in anmutigen Bahnen durch die Luft getragen.‹ Soll ich die Stelle noch mal wiederholen? ›In anmutigen Bahnen durch die Luft getragen.‹ Von ›bis zu zwölf Rentieren‹. Und zwar in Bestverfassung! Edle Geschöpfe, bei denen jeder sofort denkt: Oha, die machen ja was her! *Die* sind aber anmutig. Mit denen kann man bestimmt gut im Schlitten durch die Luft fahren. Die trinken ganz sicher am Vortag keinen Glühwein mit Rum aus Eimern wie das behämmerte Volk am Goldstrand in Bulgarien.‹ Jetzt pass doch auf, da war schon wieder ein Baum. Soll ich hier noch runterfallen? *Was?* Was hat es gesagt?«

»Es sagt, wenn du so brüllst, kann es sich nicht gut konzentrieren. Und im goldenen Buch steht auch, dass du sitzt. Wenn du stehst und so wackelst, dann kriegen sie die Statik zu dritt nicht ausbalanciert. Vielleicht setzt du dich wirklich besser erst mal noch mal hin.«

»Ja, bist du jetzt auf deren Seite, Ruprecht, oder was?!?«

Ruprecht atmet durch. Ganz entgegen seiner aggressiv-autoritären Rolle im öffentlichen Geschehen am Heiligen Abend neigt er innerbetrieblich eher zur Diplomatie: »Nein. Ich bin auf überhaupt keiner Seite. Aber ich finde, dass es die Sache nicht unbedingt besser macht, wenn wir umkippen und alle Weihnachtskugeln wieder aus den Baumkronen rausfischen müssen. Außerdem ist dann bestimmt der Tacker weg. Und die Hockeyschläger findet man im Dunkeln auch nicht wieder. Vom gestrigen Glühweindebakel und den Eimern halte ich natürlich auch nichts, aber – was soll man sagen? – die Rentiere hatten sich halt so auf heute gefreut, und da haben sie halt auf den Wunsch einmal angestoßen und so'n bisschen Heiligabend-Heiligabend gefeiert.«

»Was? Heiligabend-Heiligabend?«

»Ja. Also: Heiligabend ist ja der Abend vor Weihnachten, und Heiligabend-Heiligabend ist dann halt der Abend vor ...«

»Ja, sind die bescheuert, oder was?!?« Der Weihnachtsmann springt auf, in der Hand einen Hockeyschläger. »Heiligabend-Heiligabend. Und gleich geht alles mit dem Wunsch noch daneben, weil wir nämlich zu langsam sind. Soll ich dir mal in den Arsch treten, Rudolph? Geht's dann schneller?« Er tritt nach vorn in die Luft. Der Schlitten kippt. Nur mühsam können die Rentiere die Statik ausbalancieren.

Ruprecht versucht etwas Diplomatisches: »Vielleicht kann ich die allgemeine Heiligabendstimmung ja ein bisschen aufbessern, indem ich den Wunsch noch einmal vorlese?«

Die Rentiere schreien begeistert: »Jaaahhh! Wunsch, Wunsch, lies den Wunsch!«

Der Weihnachtsmann seufzt: »Gut. Mach mal, es kann jedenfalls nicht schaden.«

»Also ... Es wurde gewünscht ...«

»Von wem?«, fragt der Weihnachtsmann.

»Mensch, das weißt du doch, Klaus ...« Ruprecht und der Weihnachtsmann duzen sich seit Jahren. »Muss ich das jetzt alles noch mal lesen? Das ist doch gar nicht so wichtig, von wem.«

»Das ist wohl wichtig. Es müssen über 20 Prozent der Wunschberechtigten sein, damit's ein allgemeiner Volkswunsch wird. Sonst könnten wir da ja gar nix machen.«

»Also gut – von Hermann Kropolnik aus Recklinghausen, von Franz Hirschlmann aus Niederauerbach, Gisela Träger-Friedrichsen aus Kiel, Helga Haller aus Stuttgart, Bernd Grobinger aus ...«

Der Weihnachtsmann wird ungeduldig.

»Gut, gut, gut. Ist gut. Das reicht. Sind es denn über 20 Prozent?«

»Ja. 20,7 Prozent.«

Die Rentiere schreien begeistert: »Yeahhh! Und jetzt den Wunsch.«

»Na, komm. Dann lies ihn noch mal vor.«

»Also, der Wunsch: Wir sollen allen öffentlichen Personen und/oder Politikern, die im Fernsehen und/oder anderen Verbreitungsmedien Menschen in den letzten fünf Jahren wissentlich belogen haben, um daraus für sich einen egoistischen Vorteil zu ziehen und/oder ein zeitlich zurückliegendes korruptes Verhalten ihrerseits zu vertuschen, eine rote Weihnachtsbaumkugel an die Nase tackern oder diese mit Goldband annähen.«

»Tackern! Tackern!«, schreien die Rentiere.

»Ich bin auch für Tackern«, sagt Ruprecht. Der Weihnachtsmann stimmt zu und lächelt. Und auf einmal ist auch seine Vorfreude wieder da, und das Heiligabendgefühl kehrt wieder in den Schlitten zurück. Und das alles wegen eines Wunsches. Denn Wünsche sind der Motor, der den Weihnachtsmann antreibt. Sie machen seinen eigenen Heiligabend zu dem, was er ist. Und wenn sich über 20 Prozent der Weltbevölkerung unabhängig voneinander und ohne Absprache für den gleichen Wunsch entscheiden, dann tackert der Weihnachtsmann auch dem amerikanischen Präsidenten eine Weihnachtskugel an die Nase und gibt dessen Weihnachtsansprache auf diese Weise ein einziges Mal einen klitzekleinen Rest von Festlichkeit.

HEIMAT

Zum Abschluss noch eine kurze winterliche Geschichte, die zeigt, dass die Stadt Oberhausen in der Lage ist, Menschen gute Laune zu bereiten. Bei mir klappt das jedenfalls immer wieder. Hier ein Beispiel: Im letzten Winter bin ich einmal von einer langen Zugreise nach Oberhausen zurückgekehrt. Und ich war ursprünglich sehr schlechter Laune, denn der Zug hatte an diesem Tag über vier Stunden »Wir-entschuldigen-uns-für-die-Verspätung-aufgrund-von-Verzögerungen-im-Betriebslauf-durch-einen-für-die-Deutsche-Bahn-unerwarteten-Wintereinbruch« (im Winter) gehabt. Die Bahn wird ja jedes Jahr aufs Neue von der Reihenfolge der Jahreszeiten überrascht. Gespannt sitzen die Manager des Unternehmens alljährlich im Frühling in ihren Büros und fragen sich, was wohl als Nächstes kommen mag. Nun ja. Ich kam jedenfalls im Winter am Hauptbahnhof in Oberhausen an und ging auf der Rückseite aus dem Gebäude heraus. Dort hörte ich ein Geräusch und drei Sätze (in dieser Reihenfolge), und ich konnte zum einen, ohne dass ich irgendetwas gesehen hatte, aus diesen bloßen akustischen Informationen heraus die Situation komplett herleiten. Zum anderen war ich direkt wieder guter Dinge. Und daran möchte ich Sie abschließend teilhaben lassen. Das Geräusch war »PLATSCH!!!« (sehr laut, etwa zwölf bis fünfzehn Zentimeter Schmutzwassertiefe). Dann folgten die drei Sätze (alle ebenfalls sehr laut gebrüllt, denn es ging um Pädagogik).

Satz 1: »JETZ SIEHSSE AUS WIE 'N SCHWEIN!!!«

Satz 2: »HASSE DIR WENIGSTENS WEHGETAN???« (Es gibt ja kaum einen Satz in der deutschen Sprache, in dem das Wort »wenigstens« mitfühlender eingebaut ist als in »HASSE DIR WENIGSTENS WEHGETAN???«.)

Und dann noch der letzte Satz, das abschließende Resümee zum Geschehen, klanglich abgerundet durch eine ins Hysterische kippende mütterliche Frauenstimme: »DU BISS ... WIE DEIN VATTER!!!«

Da dachte ich mir: »So ein Glück! Du bist wieder zu Hause.« Und zufrieden stieg ich in mein Auto, um im winterlichen Feierabendverkehr meiner Heimatstadt ein paar schöne Stunden zu verleben.